JULIE ESTÈVE
AGNÈS VANNOUVONG

TOUT CE QUE LE CIEL PROMET

roman

ÉDITIONS DU SEUIL
57, rue Gaston-Tessier, Paris XIXe

ISBN 978-2-02-154924-9

www.seuil.com

À nos ancêtres

On ferme les yeux des morts avec douceur ; c'est aussi avec douceur qu'il faut ouvrir les yeux des vivants.

Jean COCTEAU

Va et trouve ce qui fait vibrer ton être, ne t'arrête pas même pour regarder derrière toi. L'un des plus grands actes d'amour est de lâcher prise. La vibration ne ment pas.

Alejandro JODOROWSKY

AGNÈS VANNOUVONG

J'ai 45 ans, et j'enseigne à l'Université de Genève. Je dis souvent que je suis écrivaine, je le dis même à mon plombier ou quand je descends acheter un croissant, comme si ça me sauvait de tout. À 12 ans, j'ai écrit sur une fiche – j'en avais une collection – que j'aurais le prix Nobel avant mes 50 ans. Il me reste cinq ans. Sur le papier, ma vie n'est pas si mal : j'ai un appartement acheté avec mes propres deniers, rue des C. à Paris ; je ne dois rien à personne. C'est un pied-à-terre clair, un nid d'aigle tout confort où je ne vais jamais parce que je ne suis jamais là. Je ne suis pas attachée aux objets à part mes bouddhas rapportés de voyages en Asie du Sud-Est, ma bibliothèque sur mesure et un poivrier en bois Peugeot que j'ai eu au rabais parce que au moment de payer j'ai dit à la fille que j'étais écrivaine. Je n'ai pas d'enfants mais j'ai mes romans. Je n'ai pas d'enfants mais j'ai mes amis à qui je rends visite partout dans le monde. J'ai des parents vaillants, une mère asiatique et un beau-père français. Je suis l'enfant unique d'une mère laotienne et d'un père thaï, mort il y a deux ans – c'est compliqué. J'ai une demi-fratrie à qui je ne parle plus.

Ma vie amoureuse est catastrophique. J'ai eu une longue histoire entre 20 et 30 ans. Après, je n'ai plus aimé ou peu ou pas assez ou mal. J'ai longtemps pensé que je ne pouvais exister sans amour. Pleinement, j'entends. Je sais que c'est une croyance inventée et l'invention d'une fragilité. Depuis des années, je cherche. J'ai tout tenté. Lasse des histoires impossibles, j'ai décidé de me tourner vers les arts divinatoires : j'ai confié mon cœur au tarot de Marseille. Sinon, pour soigner mes angoisses et mon hypocondrie, je consulte toutes sortes de guérisseurs. À la manière d'un jeu de piste amoureux, j'ai suivi à la lettre les prédictions des oracles et je me suis rendue dans les lieux évoqués lors des consultations. La croyance est l'un des plus puissants anxiolytiques.

Chaque jour, chaque nuit, depuis quinze ans, je me pose la même question, toujours : vais-je trouver l'amour de ma vie ? Julie me dit que c'est grotesque – en quoi serait-ce formidable de passer son existence avec une seule personne, ça n'existe pas, c'est une fiction. Elle me conseille d'aimer chaque fois. Elle m'écoute avec patience, je ne sais pas comment elle fait, et elle me dit tout le temps de me calmer. Quand on a commencé à écrire à quatre mains, je n'imaginais pas jusqu'où cette histoire allait m'emmener.

JULIE ESTÈVE

J'ai 43 ans quand je commence ce livre avec Agnès. Je suis écrivaine et j'habite rue des Goncourt – c'est ridicule. J'ai un fils de 2 ans ½ : Saul. Il porte fièrement son nom de roi. Il est sublime et drôle et chiant ; il se roule par terre en hurlant – je suis épuisée. Je vis avec un mec extraordinaire, mais je ne supporte pas le couple, ce *on* social. J'ai un problème avec le concept de famille et je voudrais tout réinventer, saisir une liberté au fond de ça. Je rigole tout le temps, sinon je pleure. J'aime la solitude plus que le reste, mais une fois seule je passe ma vie au téléphone. Sans solitude, j'étouffe. J'adore sortir, boire des verres dans les bars, danser, marcher. C'est en marchant que mes livres s'écrivent. Je suis fascinée par la nature humaine, les phrases des autres, par leur histoire en général : je ne m'ennuie jamais. Je crois que l'art et la poésie peuvent sauver des vies ; il n'y a pas si longtemps, je pensais l'inverse.

43 ans, c'est un bon âge pour défaire le silence. J'ai voulu ce livre pour écrire une déclaration d'amour à

mon père, cet être complexe qui traîne dans ses yeux l'intelligence et le chagrin. Et pour son frère et sa sœur, Jean-Luc et Perrine, qui se sont suicidés quand ils avaient 28 ans.

Les suicidés ne sont pas des morts comme les autres. Ce sont des défunts introuvables – des interdits. Des gens qui n'ont plus de récits, ou bien des mensonges et des larmes. Je ne sais rien de ce fragment oublié de ma famille, j'étais trop jeune pour me souvenir. Je voudrais leur offrir un endroit où aller, quelque chose comme un refuge – un livre. Je voudrais qu'ils soient certains qu'on les a entendus, regardés et aimés. Je voudrais les connaître, comprendre pourquoi ils se sont tués. Le silence qui les entoure s'est logé dans les recoins de mon âme – je cache un cri muet. Je veux que ce cri fasse du bruit, savoir d'où il vient et pourquoi il me harcèle. Je dois trouver le courage de casser les secrets, de trahir le silence : pour mon fils, pour les vivants, pour réparer les morts.

Je suis allée à la rencontre de mon oncle et ma tante en convoquant les fantômes et des mondes parallèles : j'ai pris rendez-vous avec des médiums, des voyants, des personnes bizarres qui croient aux archanges, aux esprits, cherchant à entendre quelque chose comme une vérité. J'ai présenté deux photographies de Jean-Luc et Perrine à ces gens qui communiquent avec là-haut, j'ai écouté ce qu'on avait à me dire. Puis j'ai confronté les vivants à la parole des morts : ce fut une déflagration, et un grand éclat de vie.

PIERRE LUNÈRE

(Agnès)

Le facteur dépose dans ma boîte aux lettres une enveloppe de taille standard marquée du tampon de mon éditeur, le Mercure de France. Un ciel bas, gris, Paris, derrière les fenêtres de mon appartement au dernier étage d'un immeuble sur les hauteurs. Il faut monter la côte de Ménilmontant, puis cinq étages sans ascenseur, et je suis bien, en nage et essoufflée – c'est parfait pour mon asthme. Il est 9 heures, café, radio, pyjama sans bas, chaussons-chaussettes, livre en cours – je suis écrivaine, ne l'oublions pas. J'ouvre le seul courrier annuel que m'envoie la comptabilité de Gallimard. France Inter dans la cuisine, l'émission commence. Le journaliste reçoit un ancien Prix Goncourt. Je prépare un café, le troisième de la matinée. Le couperet tombe : 350 euros et 40 centimes de droits d'auteur. Au bout de ma vie, j'appelle Julie comme chaque matin – on a nos petites habitudes. Ça va, Juju ? J'en ai ras le bol ! Devine combien j'ai gagné cette année. Elle éclate de rire, et dévale ses six étages pour récupérer le graal des éditions Stock. Alors ? Combien pour toi, Juju ? Une catastrophe !

À quoi bon imaginer des personnages, passer la phrase, la repasser, trembler devant son éditeur, recevoir les corrections, recommencer, enfin valider la quatrième, faire la photo de presse, se trouver moche, préparer le pitch pour les commerciaux, espérer la promo, haïr son attaché de presse, maudire son éditeur, être heureux comme un con après le retour d'un lecteur, mieux, d'un blogueur, relayer sur les réseaux la moindre critique positive de Babelio, et trois ans plus tard : trois exemplaires vendus ! Ce n'est plus possible. Je vais appeler Pierre, il va me tirer les cartes – histoire de faire un bilan. J'en profiterai pour lui demander si je vais rencontrer une nana. Rappelle-toi, il y a treize ans, il m'avait prédit des trucs dingues. Tu savais que Mitterrand et de Gaulle consultaient des voyants ?

Julie ne m'écoute pas. Hein ? Quoi Mitterrand ? Attends, Agnès, elle dit, j'ai une idée, une idée très excitante, une idée de livre. On va écrire un livre ensemble, un livre sur les mondes invisibles, sur les devins, les médiums, sur les passeurs d'âmes. On aura chacune notre quête, moi le secret de famille, et toi l'amour – ton obsession. On va tout dire, tout raconter, l'amitié, l'écriture, la merde : tout. T'en penses quoi ? Dis oui ! Qui n'est pas intéressé par la voyance, les fantômes, ce qui nous échappe ? Même ceux qui n'y croient pas, ça les fascine. À quoi sert la croyance, pourquoi les hommes en ont-ils tant besoin ? Quand tu iras voir Pierre, je t'en supplie Agnès, n'oublie pas de lui demander pour le livre ! Allez salut, j'ai à faire.

Lorsque je rencontre Pierre pour la première fois en 2009, connaître l'avenir ne m'intéresse pas spécialement. Mon amie Layla m'a parlé de son don extraordinaire. Je me rappelle ce rendez-vous avec précision malgré ma tête comme une passoire. Je vous attends samedi, métro Porte Dorée, 14 heures, surtout ne soyez pas en retard, j'ai horreur de ça ! Dans la rue, je l'identifie : il fait des gestes de fou en chuchotant depuis le trottoir d'en face, venez, mais venez donc ! C'est un type avec un jean, un tee-shirt blanc, des chaussures, des lunettes. Chez lui pourtant, rien ne répond aux normes. Je comprendrai plus tard que son être est un mélange d'agitation, de profondeur et d'humour noir.

Nous marchons sous le cagnard, il me dit qu'il voit des feuilles autour de moi et des livres partout. On entre dans un immeuble moderne, moche. J'entends mal ce qu'il raconte, il murmure – on n'est pourtant pas à l'Opéra Garnier ! Il est ici concierge et veut rester discret : aucun locataire n'est au courant de ses activités de voyance. Concierge et voyant, le combo est improbable et réjouissant. Il me demande si j'écris. Je viens à peine de commencer mon premier roman – l'histoire d'un don Juan en jupons. Il me lance alors cette phrase qui se plante dans mon cerveau : vous serez écrivaine. Il me prédit aussi la durée de ma relation avec ma compagne de l'époque : cinq ans. Je ne sais pourquoi je crois cet homme et ça me tord le cœur de vivre un amour en sursis – j'ai pourtant mon libre arbitre. Il me voit emménager avec elle, décrit les grandes fenêtres de notre futur appartement, un trois-pièces baigné de lumière. Il voit des voyages, beaucoup de déplacements. Avec G. on partira en Afrique, à Tahiti, aux États-Unis, en Asie, en Suède, en Espagne et en Angleterre.

Quand je sors de sa loge, je vrille : qui a le pouvoir de lire l'avenir ? Les jours qui suivent, prise de panique, je l'appelle. Quatre fois. Dix fois. Disons la vérité : je le harcèle. Je lui laisse des messages matin, midi, soir. Je suis possédée par l'idée de la fin de l'amour. Est-ce que G. va me larguer ? J'alterne entre humour et désespoir. J'envoie à Pierre des SMS absurdes. Êtes-vous sûr de ce que vous voyez ? Elle va me quitter ? C'est qui l'amour de ma vie ?

La croyance me rend tarée. La non-croyance se heurte à une forme de vérité. Ce type a vu des choses de mon passé, ma naissance en Thaïlande, ma mère laotienne qui collabore avec le gouvernement américain en pleine dictature communiste, son exil en France pour sauver sa peau – l'histoire insensée de mes parents.

Pendant sept ans, je n'aurai plus aucune nouvelle de Pierre le voyant : saoulé par mes appels intempestifs, il me ghosta carrément. Comme il l'avait prévu, mon histoire avec G. dura cinq ans – pile.

Je le rappelle un jour pour une question professionnelle ; contre toute attente, il accepte de me recevoir.

Lors de cette séance, il m'apprend qu'il sort un livre, *Dans la loge de l'ange gardien*. Je m'y reconnaîtrai sous les traits d'une folle furieuse. À partir de là, on ne se quittera plus.

Mercredi 13 janvier 2022, il me donne rendez-vous près de la place du marché d'Aligre, dans un appartement minuscule tout en longueur. Des couleurs partout. Rouge, orange, vert. Ses chiens bavent et ronflent sur le canapé. Hanoï et Twiggy. Une pluie de perles et de bambou sépare les deux petites pièces. Je suis à l'intérieur d'un film d'Almodóvar. Pierre porte une barbe de trois jours, des yeux intelligents derrière des lunettes en écaille. Il a un côté prêtre orthodoxe qui aurait viré cool et gay – c'est un beau mec. Fin, droit, bondissant.

Il va se laver les mains, et les infos commencent à lui parvenir. L'eau est son canal premier, avant l'arrivée de la Voix. Il allume ensuite une bougie, sort son Tarot de Marseille, mâche des Nicorette. Il arrête encore la clope et l'alcool à cause de son mec qui est un ascète. Il dit, j'en ai parlé à mon médecin, il est cool mon médecin, il est alcoolique. Il m'a répondu que l'alcool est le meilleur lien social qui existe au monde, que c'est mieux que les médicaments. Bon, Vannouv, tu viens encore pour la femme de ta vie ? Qu'est-ce que vous avez toutes avec ça. Vous me faites chier avec vos conneries, cette façon d'envisager l'amour… C'est quoi ces croyances d'un autre âge ! J'adore la langue relâchée, directe et incisive de cet homme qui bouscule tout – un vrai chaos.

Il y a sept ans, Pierre, tu m'avais quand même prédit que j'allais rencontrer *the one*, une éditrice plus âgée que moi. J'ai ratissé les soirées littéraires, tous les cocktails, les festivals, je me suis même tapée une vieille croyant que c'était la bonne – elle était même pas éditrice en plus. Il rétorque, tu crois vraiment que je me souviens de ça ? T'étais tellement chiante à m'appeler tous les quatre matins. On va regarder, ne m'interromps pas s'il te plaît.

Un silence pénètre jusque dans la bougie posée sur la petite table. Pierre bat ses cartes, les pose en éventail, j'en choisis plusieurs, la réponse arrive : tu vas la rencontrer pendant un voyage. Tu débarques… et tout le monde sait qui tu es… L'écrivaine. C'est un joli lieu – tu te fais pas chier toi, toujours dans de beaux endroits… Tu chies gras, ma Vannouv. Ça parle français et une langue étrangère… Oh là là ! Je sursaute, quoi, quoi, que vois-tu ! Il poursuit, elle est entourée, dis donc, elle est très très entourée… Elle est blonde… Vous avez presque le même âge… Un coup de foudre… Mais ce n'est pas l'heure : patience !

Pierre ne peut pas dire avec précision quand je vais rencontrer ma blonde. Pour les voyants, le temps est un espace insaisissable. Lui s'aide des saisons, il voit le froid de l'hiver, la chaleur de l'été. T'as une autre question ? Est-ce que le livre qu'on va écrire avec Julie va marcher ?

Les cartes encore. Ça tombe. Pas l'ombre d'une hésitation au cœur de sa voix : le livre voyage. On me dit qu'il y a une traduction en langue espagnole. Puis il enchaîne sur l'amitié qui me lie à Julie sans que je lui aie demandé quoi que ce soit. Toutes les deux, vous vous connaissiez dans une vie passée. Vous étiez de la même famille. Frère et sœur. N'étant pas un spécialiste des vies karmiques, il me file le contact d'une médium, une certaine Chris. J'irai la voir quelques semaines plus tard et je sortirai de cette rencontre sidérée.

Dehors, la pluie, le béton. Je pose maintenant à Pierre une série de questions établies avec Julie pour les besoins du livre, dis-moi d'où vient ton don ?

Mon père était un célèbre voyant – le voyant gratuit de toute une région. Il m'a transmis son don, je n'ai aucun mérite. J'ai des flashs depuis l'enfance. Le premier, je l'ai eu quand j'avais 5 ans – j'en ai 52. À l'époque, on avait tous des oiseaux en cage, quelle horreur. Un matin, je suis parti à l'école et j'ai dit à ma mère : quand je rentrerai les perruches seront mortes. À 10 heures, la première est tombée. Et l'autre a claqué de chagrin. Je suis clairaudient et clairvoyant. Je perçois des images et j'entends une voix, toujours la même. Une voix cristalline, comme celle d'une fillette. Je sais que c'est une vieille dame, peut-être mon arrière-grand-mère que je n'ai pas connue. Je l'entends dans mes oreilles, dans ma tête, dans les cieux. Parfois, les images ne sont pas en accord avec la voix : comme si je regardais un film et que la bande-son était décalée.

C'est à moi de tout rééquilibrer. Les cartes et les photos ne sont que des supports, des instruments qui servent à ouvrir un champ, par exemple quand la personne en face est fermée. Parfois les cartes, c'est aussi pour faire le show ; c'est pas très glorieux, mais faut être honnête.

J'aborde ensuite la question cruciale de la responsabilité, comment gères-tu ça ?

Je fais très gaffe, j'ai une baguette magique et un revolver dans les mains. Un jour, une nana de 17 ans me montre la photo de son mec – un connard. Je lui dis que ça va durer deux ans. La fille devient blanche, elle est dingue de lui. Je me dis, putain, elle n'a que ce con à qui se raccrocher, elle a perdu sa mère lorsqu'elle était enfant. Crois-moi, je lui ai vendu le conte de fées ! Je n'avais pas envie qu'elle se foute sous un métro en sortant ni que les flics voient que son dernier appel, c'était pour moi, et qu'ils me demandent : tu branles quoi avec tes jeux de cartes ? Je fais très attention aux adultères aussi, je n'aime pas les révéler, et pourtant j'en vois ! Je ne dis pas les tromperies d'emblée, je prends des gants, des chemins détournés, j'essaie de sauver ce qu'il y a à sauver. Je conçois la voyance comme une mission : aider les gens. Quand je regarde mon parcours, je suis fier d'avoir fait des carrières, évité des divorces, guidé les autres vers de bons choix. Si une annonce est trop dure à entendre, je mets une couche de sucre glace dessus – je suis dans la bienveillance.

Tu veux savoir si mon don me coupe de l'amour ? Mon dernier copain m'a dit que j'avais le cerveau foutu.

Les trois quarts des voyants finissent par se foutre en l'air ; ils deviennent fous. On a une telle sensibilité au monde. Si je fais trop de séances, je suis happé dans la vie des autres. Moi, c'est trois clients par jour, max.

Pierre est l'une des personnes les plus drôles que je connaisse. C'est un conteur-né : juste avant toi, Vannouv, j'ai reçu une bourge. Coinços. Chiante. Qui bosse dans l'immobilier. Elle vit au Vésinet. 50 ans, mariée à un thon. Un amant, classique. Tailleur, escarpins – la totale. Elle me parle comme à un serveur de restaurant qu'elle méprise. Elle est fermée comme une huître. J'aurais tiré les cartes à la lampe, ç'aurait été pareil. Je lui énonce plusieurs faits et elle me répond sèchement : non, non, non. J'en ai marre. Je lui signifie qu'au quatrième non, basta, j'arrête. J'ai besoin d'une réceptivité sinon ça fonctionne pas. La nana, elle se dit, bon, Le Vésinet-Paris ça fait un peu loin pour un connard qui voit rien. Elle s'ouvre un peu. Je lui balance qu'il y a un autre homme. Elle se décoince. Elle pense, OK, l'adresse est bonne. À partir de là, on a pu travailler.

Je demande à Pierre si la voyance relève de la télépathie. Il explique que parfois, oui, il faut entrer à l'intérieur des gens. C'est ce que j'ai essayé de faire avec la bonne femme avant toi. Ce que je voyais, c'était ce qu'elle pensait. La télépathie est une porte qui permet d'ouvrir d'autres portes, et de voir plus loin qu'une pensée, l'avenir.

Ma relation avec Pierre est unique. Pas une journée où on ne s'appelle pas. La plupart du temps, on se parle la nuit. Dans nos échanges, la morale s'absente. Pierre aime raconter des horreurs sur la famille, l'amour, le monde. Parfois, il disparaît. Trop de clients, d'histoires, trop d'images, et pas assez de lui dans sa vie. Souvent, il gueule, fous-moi la paix Vannouvong, ou alors il me dit qu'il m'adore, que mon âme est pure comme celle d'un enfant, ou que dans une vie passée j'étais proxénète, que je mettais les nanas au pas, et que c'est la Estève qui tenait la caisse du bordel ! Il dit que je lui fais penser à Lucy Liu.

La séance se termine, je paie 50 euros – normalement c'est 60. Je propose à Pierre de boire un verre en terrasse. Ravi de remplacer ses Nicorette par de vraies cigarettes, il accepte. Il me raconte qu'il a aimé follement un Marocain qu'il appelle la Couscoussière, un chanteur raté. Je lui demande s'il peut voir son avenir à lui dans les cartes. Non, je vois que dalle, je suis trop impliqué. Paris, et la nuit tombe. Tu sais Vannouv, la Couscoussière était ma tempête. Sentimentale, charnelle. Ça a foiré, il était fuyant, flippé, égoïste, mais j'aurais tout fait pour ce con. Il a préféré vivre avec un couple de vieilles lesbiennes qui se prenaient pour ses mères. L'une d'elles a fini par l'adopter, ils habitent ensemble dans une maison rue des Boulets – ça s'invente pas.

Pour moi, mon Pierre, l'amour a foutu le camp. C'est comme s'il fallait que j'éprouve ma solitude. À force de retourner les histoires passées, y a plus rien dans ma tête – du brouillard. Peut-être que je dois baisser les armes, apprendre à m'aimer, accepter l'autre dans son individualité.

Ouais, on verra comment tu te comportes avec ta blonde Vannouv, et on en reparle !

Il paie les verres, j'enfourche mon vélo, la pluie tombe sur mes pensées. Le problème : je n'arrive pas à aimer, il y a une résistance, toujours, qui empêche le sentiment. G. voulait un enfant, pas moi. C. voulait se marier, pas moi. F. désirait vivre avec moi, pas moi. Une partie de mon être me rabâche en permanence que je ne suis pas avec celle que j'attends. Je ne supporte plus ce désert, et je m'imagine respirer la blondeur d'une fille que je ne connais pas – j'en suis là. J'imagine ses yeux, sa bouche, son cul.

Cinq étages plus loin, je me vautre en sueur sur mon canapé qui regarde ma bibliothèque. Certains talismans donnent des réponses – les livres. J'ouvre au hasard une page de *Feux*, de Marguerite Yourcenar. « L'amour est sorcier : il sait les secrets ; il est sourcier, il sait les sources. » Je rêve de magie entre deux êtres, j'attends l'alchimie, je souhaite l'absolu – c'est là mon drame. J'ai besoin de comprendre ce que veut dire le mot *aimer*. Je me délecte des pages de Yourcenar sur la beauté du sentiment et je m'endors sur elles en bavant.

La sonnerie de mon téléphone me réveille. Julie n'arrête pas de m'appeler, elle veut savoir ce que Pierre m'a dit. Elle reconnaît ma voix de sous les tombes, bon, t'es complètement à la masse ma vieille, prends une douche, tu me raconteras ce soir ! En plus, j'ai pas que ça à faire, je dois finir un truc pour Olivier. C'est son ami galeriste qui lui commande tous les textes critiques. Les artistes adorent Julie et les phrases qu'elle pose sur leur travail. Certains lui offrent même une œuvre. Elle comprend tout. Voit ce qui est dans les interstices, caché. Elle s'infiltre, en orfèvre de la langue. Julie est la personne la plus intelligente que je connaisse, et elle n'a jamais confiance en elle. Je me prépare à la rejoindre au vernissage de la School Gallery. Peut-être, là-bas, y aura ma blonde.

Rue Saint-Martin, je pousse la porte du 322. L'exposition de La Fratrie attire du monde. Julie est collée au buffet, elle boit une coupe. Elle se jette sur moi avec une cuillère de gorgonzola à la main, alors il t'a dit quoi Pierre ? Le champagne la rend toujours joyeuse. Ses yeux crépitent. Allez, raconte ! Je lui dis le coup de foudre, le voyage, la blonde, le livre. Elle reprend un verre et m'en sert un.

On trinque. Je rattrape son ivresse en deux gorgées – il me manque un enzyme (comme beaucoup d'Asiatiques – et voilà une belle généralité). Boire en société m'expose à une ébriété fulgurante où je perds toute dignité. Un peu comme les hommes d'affaires japonais qu'on laisse dormir ivres morts sur le tatami d'un restaurant tokyoïte.

Sinon, tu en penses quoi pour la femme de ma vie, le fait qu'elle soit très entourée, ça veut dire quoi pour toi ? Attends, je te présente Karim et Luc, les deux frères de La Fratrie. Magnifique votre expo ! Avec Agnès, on va écrire un livre ensemble sur l'invisible – une quête amoureuse et une enquête familiale. Les deux artistes interrogent notre projet. Ils créent à quatre mains eux aussi, des îles miniatures, des rochers qui sont des mondes en soi, des sculptures qui racontent avec humour l'homme et ses utopies. La phrase, les mots, la littérature ont leur importance dans leur travail plastique, que je trouve fascinant de précision. Sur un mur blanc est écrit : « Peut-être faudrait-il dire aussi que faire l'amour, c'est sentir son corps se refermer sur soi, c'est enfin exister hors de toute utopie, entre les mains de l'autre. Sous les doigts de l'autre qui vous parcourent, toutes les parts invisibles de votre corps se mettent à exister, contre les lèvres de l'autre les vôtres deviennent sensibles, devant ses yeux mi-clos votre visage acquiert une certitude, il y a un regard enfin pour voir vos paupières fermées. »

Ça parle de la vérité du corps ; les mots de Michel Foucault m'encouragent. Je vais trouver l'amour. Je bois une gorgée supplémentaire et je fais un scan rapide de la salle. Je compte les blondes, même les vieilles sous teinture. Neuf, en tout. Julie est morte de rire, et je m'en vais parler exclusivement à celles de moins de 60 ans. Je récolte un beau 06 – Irène : jean, talons, cul haut.

HENRI V

(Julie)

Tout est vague, les phrases lambinent dans ma tête. Une sale migraine ne laisse aucune chance à l'excitation : j'ai pourtant rendez-vous avec Henri V, un médium célèbre du 13e arrondissement de Paris. Sur son site internet, il y a une photo. L'homme est coiffé d'une barbe anachronique – moustache fine et bande verticale de poils sur le menton, plus un catogan : il ressemble à un magicien qui fait des tours avec des cartes. J'ai vraiment mal au crâne, je me surprends à geindre, seule et conne, dans mon appartement vide. J'ai attrapé le ou la Covid il y a dix-huit jours ; je ne me fais pas au genre du virus, et ça ne passe pas, ce truc dont tout le monde parle dans le monde colonise mon cerveau et détruit mon moral. J'ai fait une dizaine d'autotests. Aujourd'hui c'est négatif mais restent la céphalée, lancinante, et une sinusite. J'appelle Agnès pour qu'elle vienne me faire un massage crânien. Elle est la seule personne que je connaisse qui, avec ses mains, annule ce genre de douleur. Elle gratte les cheveux, les tire par petites mèches, fait circuler le sang, l'énergie, appuie aux bons endroits – elle tient ça de sa mère. Elle se fout de ma gueule, répète que je suis devenue accro au test nasopharyngé ; c'est pas faux. Elle ne viendra pas me secourir de peur d'attraper un virus que je n'ai plus : elle est complètement hypocondriaque. Moi aussi. Beaucoup d'écrivains le sont. Je n'ai pas prévenu la sécurité sociale de ma contamination et j'ai déposé lâchement mon fils de 2 ans ½ à la crèche (il n'avait pas de symptômes). Il était inconcevable que je garde Saul à la maison dans mon état. Dans le réel, j'ai un peu honte ; ici, je n'ai honte de rien. La littérature me sauve de la honte, elle l'annule. Elle est mon lieu sacré – territoire de liberté et de vérité, à l'abri de la morale. Je peux me raconter comme d'autres se répandent dans un confessionnal. La littérature permet une forme de transcendance. Si je ne créais pas de phrases, je me croirais inutile au monde, je n'occuperais aucune place et j'aurais envie de mourir tous les matins. Je serais peut-être perdue dans un asile.

D'où vient la folie. De quelle somme de chagrins, de quels tas de blessures. Avec quelles violences s'accouple-t-elle. « La folie est tatouée dans mes cellules », j'ai écrit ça dans mon dernier livre parce que ma famille est dysfonctionnelle. Malgré l'amour, elle est pleine de cette extravagance à n'être « pas normale ». Toutes les familles sont démentes. Elles sont des cimetières tragiques – combien de fureur, de colère, d'effroi accumulés, stockés, empilés et transmis par le sperme, le sang, le temps, à compter des premiers bipèdes… Imaginer cette chaîne ininterrompue me donne le vertige. Comme à penser l'infini, le cerveau échoue. Nos arbres généalogiques ont fabriqué des fous. La phylogenèse c'est cela, l'histoire évolutive des Hommes, une contamination : un héritage maudit. Il y a une dizaine d'années, j'ai appris l'existence d'un grand-oncle, le frère de mon grand-père. Il a passé sa vie dans un hôpital psychiatrique, il s'appelait Pierre – je ne connais rien de lui hormis qu'on l'a effacé du monde. Ma tante Perrine, de la même lignée, allait très bien jusqu'à ce qu'une maladie mentale la pousse vers la mort. Un matin, elle est devenue schizophrène : pour quelles raisons ? La folie ressemble à un bouclier contre la souffrance du réel – quelles violences se cachent derrière elle et le silence de ma famille ?

Je regarde mon téléphone, Agnès m'a envoyé dix-huit messages sur WhatsApp depuis notre conversation. On peut s'appeler vingt fois par jour – on a toujours besoin de rire, vivre, se plaindre ensemble. Dans Google Maps, je tape l'adresse du médium. Je sélectionne le sigle vélo : dans une demi-heure, saurai-je pourquoi mon oncle Jean-Luc et sa sœur Perrine se sont pendus à une poutre et à un arbre pour ne plus habiter le monde.

Je gobe un ibuprofène, enfonce ma chapka en skaï et pédale, suicidaire, dans les rues de Paris, les écouteurs vissés à mes oreilles. J'écoute à fond des morceaux pour danser, ou de vieilles chansons qui font pleurer.

Les gens qui doutent d'Anne Sylvestre est parfaite aujourd'hui, et c'est systématique, quand j'entends les dernières phrases – « Et qu'on les remercie, qu'on leur dise, qu'on leur crie "merci d'avoir vécu, merci pour la tendresse, et tant pis pour vos fesses, qui ont fait ce qu'elles ont pu" » – ben je chiale.

J'ai tendance à m'émouvoir en permanence, ça m'épuise. Les vieilles personnes me bouleversent, particulièrement quand elles font l'effort de marcher sur un trottoir. De mettre leur corps dehors, dans la ville. Un jour, j'ai croisé un pépé avec une veste élégante, il avait mis du temps à se préparer, choisir ses vêtements, les accorder – le chapeau, l'écharpe, les gants. Je l'ai regardé en souriant, puis mes yeux sont tombés sur son pantalon gris assorti à la veste : il s'était pissé dessus. J'aurais voulu le prendre dans mes bras. C'est pour tout le monde pareil, le bout du chemin – naître, grandir, aimer, se pisser dessus. Je me suis juré de parler de cet homme quelque part, c'est chose faite.

Je roule très vite. Le mouvement agrandit le réel – il le rend supportable. Je grille les feux, mais avec intelligence. J'augmente le volume du portable (je suis un peu sourde), change de chanson, arrive en un quart d'heure chez Henri V, attache mon vélo, appelle Agnès qui ne répond pas, appelle Sophia qui répond. Je squatte l'entrée d'un immeuble banal, j'attends avec ma migraine l'heure du médium. Sophia et Agnès sont les deux marraines de mon fils, il n'y a pas de parrain. J'aime cette idée que Saul soit guidé par des femmes aussi denses qu'elles. Si j'ai réussi quelque chose dans ma vie, c'est l'amitié. Je suis très douée pour ça. J'ai refilé le Covid à toute la famille de Sophia en dix minutes, elle ne m'en veut même pas alors qu'elle vient d'accoucher. Elle ne sait pas si elle pourra venir au lancement de mon livre la semaine prochaine, elle fera un test au dernier moment. Ce roman, *Presque le silence*, que j'ai mis deux ans à écrire, n'aura sans doute aucun succès, comme les autres, ça me déprime d'avance. Sophia est responsable, droite, réfléchie ; je suis bancale, désinvolte, impulsive. Elle est indienne, et pendant des années on nous a prises pour des sœurs. Elle m'a sauvée plein de fois.

Un homme avec des cheveux sales descend, me bouscule, ne s'excuse pas, ne me voit pas, il semble errer dans un coin où notre monde n'a plus sa place. Je me demande s'il avait rendez-vous, lui aussi, avec Henri V, s'il a parlé avec ses morts. Je sonne. Une voix que je trouve trop rapide m'indique un étage, une porte. Je monte l'escalier, j'arrive essoufflée devant le médium qui m'envoie la fumée de sa cigarette dans le nez.

Bienvenue ! Ça vous gêne pas que je fume ? Posez vos affaires sur le plastique.

Le type ne ressemble pas à la photo du magicien qui fait des tours avec des cartes. Il a grossi d'au moins quinze ans, mais a gardé sa drôle de barbe. Les rideaux des deux grandes fenêtres sont tirés, l'appartement dans la pénombre : bordel semé de livres, d'images du

Christ ou de la Vierge, cinq lampes éteintes, et tout ce que l'on peut trouver dans un appartement.

Je place, obéissante, mon gros sac sur une bâche transparente qui couvre un quart du canapé (je trouve cette installation surprenante) et je m'assois sur une chaise à quatre mètres d'Henri V qui continue de fumer à son bureau. Entre deux taffes, il tousse ou éternue, de manière hautement bruyante.

Désolé, les allergies ! Alors, vous venez pour quoi : voyance ou médiumnité ? Et dites-moi comment vous avez trouvé mon contact.

Il parle si vite, et ma migraine taille en pièces chaque phrase qui sort de ma bouche. Je baragouine que je suis romancière, que je souhaite écrire un livre sur les forces de l'invisible, un livre à quatre mains avec une amie autrice, je donne même le nom, fièrement, comme si elle était Michel Houellebecq : avec Agnès Vannouvong ! Je précise que j'ai trouvé son nom dans le livre *Le Test*, de Stéphane Allix. Je dis n'importe quoi n'importe comment, esseulée sur ma chaise, je n'ai jamais su raconter les histoires à l'oral avec un début un milieu une fin, ça me stresse et j'explique mal, je ne mentionne pas mes oncle et tante.

Le médium doit me prendre pour une débile, il me regarde d'ailleurs atterré, puis s'énerve :

J'aurais peut-être aimé, madame, que vous m'écriviez un mail avant pour me prévenir, je n'aime pas ces manières ! Qu'avez-vous lu sur l'invisible ?

Cette question me fait l'effet d'un soufflet avec un gant : je n'ai rien lu, il faut bien le reconnaître. Je réponds connement que j'en suis aux prémices, et m'enfonce dans les abîmes de la gêne. Henri V ne me rate pas.

Elle veut écrire un livre sur l'invisible mais elle a rien lu – c'est intéressant !

Il ne me parle plus avec un *vous*, il dit *elle*. Je lui demande si je peux enregistrer la conversation, j'ajoute : pour mon livre ! Je perçois le début d'un sourire sur sa joue.

Qu'elle est impatiente ! Non, pas maintenant. Je vais d'abord vous donner une bibliographie puisqu'il faut tout faire à votre place !

Henri V énumère trois références indispensables à ses yeux pour évoquer l'invisible en se croyant obligé de conter la vie et l'œuvre de chacune d'elles – tout cela dure un bon quart d'heure entrecoupé d'éternuements terrifiants en période de Covid ; heureusement, je l'avais encore hier. Je tente de me concentrer mais mon esprit se tire ailleurs. Je repartirai avec un bout de papier et trois noms : Jean Prieur, Hélène Bouvier, et le père François Brune.

Le médium me demande maintenant pour qui je suis venu, quels défunts.

Pour Jean-Luc et...

Ne dites surtout pas de prénom ! C'est vrai, vous n'y connaissez rien. Qui sont-ils pour vous ? Dites-moi juste ça : un frère, un père, une amie.

Je suis venue pour leur demander…

Non, non et non ! Sachez qu'on ne demande jamais aux morts. Ils se manifestent s'ils le veulent.

En revanche, monsieur V, je ne suis pas venue ici pour me faire engueuler.

Ça fait marrer Henri qui se lève on ne sait pas pourquoi et se prend les pieds dans le tapis ; il manque de se vautrer.

C'est à cause de vous, ça. Vous êtes marrante, oui, marrante vous.

Je peux enregistrer maintenant ?

Elle s'arrête jamais ! Non, quand je vous le dirai !

J'ai peur de tout oublier. Ma mémoire ressemble à la bataille de Verdun. Ou à la banquise, en 2040. Je n'ai aucun souvenir de mon enfance, c'est du noir au fusain. Ma vie commence vers 9 ans, CM1. Avant, je n'existe nulle part en moi. Je zappe des savoirs, des œuvres, des prénoms, j'efface des visages, des larmes, des lieux. J'oublie même à quel point j'ai aimé. Oublier fut ma routine, une manière d'habiter le présent, intensément, et de regarder les Hommes avec une attention extraterrestre. Ma mémoire est vide de mes choses, elle est saturée de ce qui ne m'appartient pas – des yeux dans des états limites, la moustache jaune d'un alcoolique, un sourire ravagé par le chagrin, la manière de marcher d'une fille (sublime crâneuse), le cri insoutenable d'une femme au téléphone, un vieux qui s'est pissé dessus. Je sais qu'un jour un tremblement de terre a crevé mon lobe frontal, pourtant la catastrophe n'a pas laissé de ville en ruine : elle a fabriqué une terre d'accueil. Je me demande parfois, dans un élan poétique, où est allée mon enfance, et je pense à cette phrase qu'on attribue à Shakespeare mais qui n'a pas de propriétaire : « Quand fond la neige, où va le blanc ? »

Je dépose sur le bureau en bois du médium deux photographies. Une en noir et blanc de mon oncle Jean-Luc qui est d'une beauté invraisemblable – sa bouche est un linceul. Et une photo de Perrine, habillée en Indienne, un point rouge dessiné au milieu du front, elle pose devant un laurier-rose, en Corse. Je n'ai aucun souvenir de ce morceau cassé de ma famille, disparu quand j'avais 3 et 4 ans. Henri m'invite à me concentrer, puis à les appeler. Je demande si je dois le faire à haute voix – je ne suis apparemment pas à une connerie près.

Mais non enfin ! Dans votre tête ! Vous n'allez pas vous mettre à crier dans mon salon madame. Je vous préviens, si votre oncle et votre tante sont partis il y a longtemps, c'est qu'ils sont loin et il sera très difficile de les avoir, je ne vous promets rien.

Je peux enregistrer, maintenant ?

Pas encore !

Alors je me concentre, mal assise sur ma chaise, et tente de visualiser quelque chose comme des âmes, ou des consciences. Le médium tient son front entre ses doigts pendant de longues minutes. Et je vois, à l'intérieur de moi, se former deux boules de lumière, deux soleils descendre d'un infini et se tenant par une main d'or, imaginaire. Je suis parcourue de frissons – c'est une image de paix. Dix minutes passent et Henri V dit :

Vous pouvez enregistrer.

Le médium est un genre de câble téléphonique. Il interprète, traduit ce que les morts lui montrent – des mots, des phrases, des objets, des lieux, des images. Ça ressemble à une charade, un puzzle à reconstituer. Le temps de la connexion, environ quarante minutes, il ne me regardera pas. Je dépose ici des morceaux de la séance :

Votre oncle m'envoie une pensée, ce garçon était à fleur de peau, d'une très grande fragilité émotionnelle. Sa sœur, je la sens plus loin, c'est comme si elle le protégeait de son vivant, de la famille. Et puis c'est comme si elle était un peu amoureuse de son frère. Oui, des sentiments amoureux. Il y aurait un proche parent qui me semble être le père, c'était quelqu'un de dur, de difficile et par moments de virulent. Il y a eu des tensions et des querelles avec le père. Beaucoup de tensions. Votre oncle craignait son père, j'entends le mot « violence ». Le père était violent. Il me montre des images de lui gamin, des moments de pleurs et de souffrances morales, d'affliction. J'entends le mot « rabaisser », son père le rabaissait. Je vais vous dire une chose qui va vous paraître bizarre, mais c'est un garçon qui avait *a priori* une orientation homosexuelle ou alors quelqu'un qui se cherchait des deux côtés. Il me donne cela, cette ambiguïté. Et ce côté-là était subtilement ressenti par le père. J'entends la voix de votre oncle au loin, il dit « j'étais malheureux ». Il était malheureux ce garçon. C'est sa sœur ou c'est lui qui est parti de façon brutale ? Par brutale, je parle, sauf erreur de ma part, de suicide. Je préfère dire départ volontaire. Il me parle de ça, c'est lui ou c'est elle qui s'est pendu ? Il me serre la gorge. Il se montre avec la corde au cou. Il me dit « délivrance, délivrance ». C'est votre oncle qui est beaucoup plus vers moi, mais ce qu'ils m'envoient tous les deux, c'est que leur mère s'est sentie responsable de ne pas avoir su les protéger de certaines choses, vous comprenez. Il y a une forme de responsabilité, à différents degrés, quelque chose de fort que je ressens.

On ne peut pas savoir de quelle forme de responsabilité il s'agit ?

Non, pas là. Je ne pensais même pas les avoir, il dit et il tousse. Pardon, décidément. Ils sont loin, ce n'est pas facile. Tiens, je viens de recevoir une image. Vous chercherez. Votre tante, elle avait un bijou, une pierre en émeraude. Elle me la montre. Elle devait forcément y tenir pour me la montrer. Je crois qu'il y a une chaîne au bout, une chaînette. Ils vivaient en province, c'est ce qu'ils me font comprendre.

Une minute passe, pleine d'éternuements.

Ils sont très marqués tous les deux, sur le plan de l'enfance. Il y a une empreinte, quelque chose de très, très difficile, sur le plan psychique. Je viens de voir une scène, c'était si sombre, tellement fugace, c'est comme si j'étais, moi, à leur place, gamin. Dans ma chambre, tout est éteint, une porte s'ouvre, c'est la silhouette du père, je suis dans une frayeur terrible, c'est ce qu'ils m'ont envoyé d'un seul coup. Ahhhh, je le sens sur moi, ahhh, c'est pas agréable, ahh, une main, je vois la main d'un homme. Le père est mort il y a longtemps ? Je sais qu'il est mort, car il est là-haut avec eux, je viens de le voir. Il se montre à moi en esprit. Il prend part à ce que l'un ou les deux m'envoient, il y a des attitudes qui sont limite inceste, madame. Parce que là je vois, ahhh, je sens sa main, je sens le désarroi des jeunes, ils me font revivre et leur père me parle, il me dit « c'était pas moral », ah oui, c'est sûr, ce n'était pas moral, il y a eu des abus, madame, pour les deux, ça va loin tout ça. « On a été malheureux, on a été malheureux. » J'entends ça comme dans un micro. Il avait un regard bizarre le père, perçant : c'est ce regard que j'ai devant moi. Il doit régler ses comptes, ils ne sont pas sur le même plan d'évolution là-haut. Maintenant je vois un chien, c'est marrant – ils devaient se rabattre sur ce chien en affectif. Votre oncle se montre la tête baissée, comme un gamin qui joue sans jouer. C'est le père qui buvait de l'alcool, je vois ça d'un seul coup.

Non, pas tellement.

Si, je vois de l'alcool, quelqu'un a bu. Ou alors c'est le père de leur père. J'ai l'alcool qui marque quelque chose à une époque. J'entends le mot « cuisse, cuisse », je ne sais pas si c'est lui ou elle qui parle. « Cuisse, cuisse ». Comme s'ils voulaient me faire comprendre qu'il leur caressait les cuisses, voyez. Vous avez eu des doutes ? Vous ou d'autres membres de la famille ?

Moi, oui. C'est le tabou absolu.

J'entends votre oncle me dire « cassé, j'étais cassé ». Ils sont très loin tous les deux. Il prend les devants, plus que sa sœur, mais votre oncle parle au nom des deux. « On ne nous a pas permis d'être heureux », voilà la phrase. C'est triste d'entendre ça. Vu tout ce que je viens de voir, il y a des incestes, madame. Vous n'avez jamais parlé avec votre papa ?

Non.

Vous êtes une famille de taiseux.

Votre oncle dessinait ? J'ai vu cette main invisible qui dessinait, qui dessinait, et il était très doué. J'ai entendu le mot « échappatoire ». Ça l'aidait. Il était à fleur de peau ce garçon, gentil comme tout. Trop fragile, voyez. Attendez, là, je ne suis pas en médiumnité, je suis en clairvoyance, j'ai un élément qui m'apparaît sans le vouloir sur vous, faites attention à votre dos, le bas du dos. Faites attention lorsque vous portez des affaires, un enfant. Vous avez une fragilité. Il faudra faire des mouvements, aller nager sur le dos, rien de tel pour vous remuscler tout ça. Et comment vous est venue l'envie d'écrire, tiens ?

Un besoin de décanter la vie dans le langage, un besoin de son, de musique, de bruit.

Oui, c'est bien, ça.

Ce travail que j'entreprends, de vérité, vous êtes la première personne que je vois, tout ça va m'aider à mettre des mots. Justement, ce mot, inceste. Ce mot qui est en moi depuis si longtemps.

Je me mets à pleurer à quatre mètres de cet homme qui parle aussi vite que son intelligence. Une intelligence bizarre, détachée, romanesque. J'essuie mes larmes avec un vieux sopalin plein de Covid qui traîne dans ma poche.

Vous avez une forte sensibilité et le talent de l'écriture. Il y a déjà le transgénérationnel, ça c'est clair et net, mais vous pouvez aussi attirer à vous des âmes qui se reconnaissent dans votre sensibilité. Comme votre oncle. Vous pouvez porter cette énergie-là, doublement. Vous avez quelque chose en commun avec votre oncle. Je vous sens proche de lui. C'est peut-être pour cela qu'il s'est mis plus en avant.

C'est marrant, je pensais que c'était l'inverse.

Ah c'est rigolo, ça, vous pensiez que la femme allait faire sortir les choses de la famille. Il y avait deux énergies ensemble, très reliées spirituellement. Il y a une sensibilité très forte entre vous et votre oncle, vous êtes artistes tous les deux. Quelle histoire ! Je ne pourrai pas faire plus aujourd'hui, madame. C'est un voyage, l'écriture.

Je paie Henri V, 150 euros, je le remercie et je pars, épuisée, de cet appartement sombre.

Exactement comme cet homme aux cheveux sales qui m'a bousculée dans le couloir, je suis prisonnière d'un ailleurs – à côté de la vie. Les bruits de la ville me brûlent, Paris m'agace. Je monte sur mon vélo. Je rêve de ma couette, dormir sous ma couette, retourner dans le ventre de ma mère, exister à demi, que mon corps sorte quelques minutes du monde et baigne dans du liquide amniotique. Ma migraine progresse. Le vent tranche la tête de mes pensées. De toute façon je ne veux pas réfléchir, je pédale, j'ai comme implosé. Je traverse la rue Sedaine qui me fait sourire. J'aime cette rue plus qu'une autre, il y a des rues qui vous comprennent sans que vous sachiez pourquoi, elle n'est pas particulièrement belle, elle est ce qu'elle est, une rue dans votre vie.

Je balance mon vélo à la cave et je vais me planquer dans mon lit. Je fais comme si Henri V n'avait pas eu lieu. Je convoque mon don d'oubli. Je ne veux pas croire les mots d'un type qui parle en accéléré et éternue sans relâche. Tout cela n'est que mensonge et jeu de rôle. Je n'ai plus confiance en rien, et encore moins en ce médium étrange – je suis éteinte.

« Dis-moi en quoi tu crois et je te dirai qui tu es » ; je pense à cette phrase que m'a dite un jour Rachid Benzine – un homme qui pense tout le temps. Je ne sais pas en quoi je crois et encore moins qui je suis, là, à part une masse sous une couette, tyrannisée par une migraine et un mot qui est un marécage : inceste. C'est un marécage : un terrain spongieux, impropre à la culture, difficile d'accès en raison d'une végétation aquatique, dense et verticale.

Ce mot, je l'ai en moi depuis toujours. Il m'a conditionnée – dans le silence, la peur de la vie, la peur de l'amour, la peur de la mort, mais c'est la même chose. Ce mot s'est introduit dans mes moindres coins, trous, failles – c'est un cafard. J'ai toujours vécu avec ce mot à l'intérieur de moi, même quand je l'avais oublié. Un mot sans images. Sans mémoire. Sans preuve de sa réelle existence. Ce mot me colonise. Pourquoi me fait-il tant souffrir ? Aujourd'hui, un homme a prononcé ça, inceste, sous la dictée des morts. Ce mot n'appartient-il qu'à mes oncle et tante ou à toute ma famille ? Henri V est-il un illuminé ? Jean-Luc et Perrine sont-ils venus de si loin jusqu'à moi à travers lui pour que ce mot brûle ? Qu'est-ce que j'en sais. Que croire, qui croire. En doutant, j'ai l'impression de les trahir : ça me tord le ventre. Le doute est scientifique, la croyance sentimentale, instinctive – dans le cœur. Les croyants n'ont pas besoin de garantie, de vérité tangible. Ils croient, c'est tout.

Ils croient en des dieux et des fantômes, ils croient aux philtres d'amour et au mauvais œil : ils croient aux histoires qu'on leur raconte. Qu'y a-t-il de plus puissant que la fiction ? J'ai chaud sous cette couette, et je réponds mentalement à Rachid, je suis pareille que les autres, moi aussi je crois aux histoires qu'on me raconte. Le récit du médium, qu'il soit fable ou vérité vraie je m'en fous puisqu'il va m'aider à rompre le silence qui saccage ma famille.

Reprenons : Henri V m'a bluffée, sur deux points. Il a vu les suicides par pendaison et le génie de mon oncle pour le dessin. *Quid* du pendentif en émeraude ?

Il est possible que ce bijou existe, ma grand-mère était une amoureuse des pierres, elle a offert des colliers et des bracelets à toutes les femmes du monde. Elle est même devenue gemmologue à 62 ans. Puis elle est morte presque aveugle après que sa maison a brûlé. Je raconterai Livia Muraccioli, ma grand-mère corse, plus tard, elle ne mérite pas d'être coincée dans un bout de chapitre, elle appelle des pages entières. Il faut que je demande à Dominique, le frère cadet de mon père, s'il se rappelle ce caillou vert, et s'ils avaient un chien quand ils étaient petits. Lui me parle, c'est le seul à parler. Je lui ai fait part de mon projet, ça l'intéresse. Il veut comprendre pourquoi on préfère se tuer à 28 ans que vivre.

J'ai galéré à obtenir les photos de Jean-Luc et Perrine. Il reste peu d'images d'eux. Sont-elles les seules ? À plusieurs reprises j'ai appelé ma mère pour qu'elle cherche, et les débusque enfin dans un coin où l'on ne va jamais. Elle ne m'a pas posé de questions – tant mieux. Elle aurait pu demander, pourquoi veux-tu à tout prix ces photos, pour quoi faire, mais : le silence.

Mon oncle et ma tante sont devenus invisibles, immémoriaux. Ce livre leur donnera une existence indélébile, une place perpétuelle – j'en fais mon affaire. Pourquoi ? pourquoi ? pourquoi ? il n'y a que ça : des questions. J'avale dix gouttes de CBD, la prescription serait de trois : je bâille en boucle et m'endors d'un coup.

Quand je me réveille avec de la glu dans le cerveau, j'écris puis j'envoie mes pages à Agnès qui me répond un quart d'heure après. Son mail est ponctué d'une citation de Tchekhov : « Il faut enterrer les morts et réparer les vivants. »

Il faut aussi réparer les morts.

MARILYN – ALICE

(Agnès)

Je monte dans le dernier train, en pleine grève des transports. Direction la côte atlantique, La Rochelle. Il y a un monde de malade, on est parqués comme des bœufs. Mon téléphone vibre : incident voyageur, cinquante minutes de retard. J'abhorre cette compagnie ferroviaire que je ne citerai pas – ce n'est pas difficile, il n'y en a qu'une en France.

Enfin je quitte Paris. La gare Montparnasse laisse place aux champs, au vide, aux vaches. Je profite d'un week-end chez mes parents pour rencontrer Marilyn, une voyante qu'on m'a recommandée. Je n'ai jamais eu l'idée de chercher des « spécialistes » sur Internet, c'est peuplé de numéros surtaxés et de charlatans.

Marilyn vit près de La Rochelle, dans un village de bord de mer connu pour ses moules – Les Boucholeurs. C'est paumé de chez paumé. Après une heure de bus, j'arrive transpirante avec mon sac à roulettes devant son pavillon. Une dame ronde et souriante ouvre la porte d'une maison proprette. Elle est vêtue d'un legging noir et d'une tunique. Elle m'indique une chaise en skaï près d'une table en verre, elle m'offre un café. Difficile de donner un âge à Marilyn : entre 50 et 60. Elle sort ses cartes, un jeu ancien corné, à moitié effacé. Sa voix est calme. Elle me demande de mélanger, de couper avec la main gauche. Je ne dis rien. Je voudrais qu'elle ne me parle que de ma vie amoureuse – le reste je m'en cogne. J'ai fait cinq cents kilomètres pour trouver des réponses à mon obsession : objectivement c'est n'importe quoi.

Tout de suite Marilyn évoque ma grand-mère, elle me protège, elle a un message à me transmettre : quand je suis triste ou angoissée, elle me conseille d'ouvrir un livre au hasard, d'y lire une phrase au pif, car une réponse à mon désarroi s'y trouve. La médium enchaîne sur mon grand-père et sa voix change de rythme : il est mort brutalement, il a été assassiné, il ne vous a pas connue mais il est avec vous aussi. Il faisait de la politique ? Les circonstances de sa mort sont étranges, il m'explique qu'il a vu quelque chose qu'il ne devait pas voir, on l'a empêché de parler, il m'indique son flanc droit, il a pris un coup de couteau ! J'ai une douleur au ventre, ici, juste là, j'espère qu'elle partira après la séance. Il y a clairement un trauma transgénérationnel : vous aimez transmettre une parole parce que votre grand-père en a été privé.

Je suis sur le cul : tout cela est vrai. Marilyn me parle ensuite de projets professionnels, de voyages, elle voit que j'écris des livres, et moi j'attends qu'elle me prédise l'amour. Son regard me sourit. Elle a l'habitude de voir passer la folie des gens dans son salon. La quête de sens n'épargne personne.

Agnès, écoutez-moi, vous allez rencontrer quelqu'un à une fête d'anniversaire. Je vois qu'il y a des pizzas à cette soirée. D'autres questions ?

Des pizzas, OK d'accord, mais sur la blonde je ne saurai rien de plus.

Je montre les photos de l'oncle et la tante de Julie et le visage de Marilyn change brutalement. Je ne reconnais pas ses traits. Tout est noué, crispé ; ça me fait presque peur.

Le frère et la sœur vivaient dans la tristesse, on dirait Roméo et Juliette. Je ne veux pas me connecter à eux, c'est trop sombre, trop glauque, ça remonte à l'enfance… Désolée mais là je ne peux pas.

Marilyn met fin à la séance. Je la remercie et dépose 40 euros sur la table.

La lumière m'aveugle quand je sors de la maison. Je marche et tombe sur la mer. Les cabanes à huîtres, les pins. Mon enfance revient avec les vagues de l'Atlantique – je fixe l'infini. Je savais pour l'assassinat de mon grand-père. Ma mère si pudique m'en a parlé une fois, sans me donner de détails. Elle ne connaît rien de son père, elle n'était qu'un bébé quand il est mort. Dans cette famille comme dans toutes les autres, on ne parle pas. Cette mort restera l'une des ombres de sa vie.

Le bus repart vers La Rochelle. Le Vieux-Port, la tour Saint-Nicolas qui penche sérieusement vers l'eau. J'aime quand l'océan entre dans les villes. Le chauffeur s'arrête devant le phare. Quand j'étais au lycée, je passais devant tous les jours – j'ai 15 ans à nouveau. Julie m'appelle, dévorée par la curiosité. Tu ne m'as jamais parlé de ton grand-père poignardé ! J'entends une émotion dans sa voix.

Elle est très empathique – trop. Elle a ce souci des autres que je n'ai pas, ou peu, et que j'envie (vite fait). Elle et moi sommes très différentes – la liste est longue. Elle ne juge jamais les gens, je fais des portraits acides. Elle est mère de famille, je n'ai pas d'enfants. Elle n'est pas maternelle, j'adore les nouveau-nés. Elle aime la nuit, je bâille à 23 heures. Elle est fiesta, pas moi. Je me rappelle un soir à Pattaya, on était en résidence d'artistes en Thaïlande, je voulais aller me coucher mais elle m'a traînée dans un ping-pong show. C'était quelque chose de voir sortir des sexes des filles des rasoirs, des bouteilles de Coca, des balles, des trucs en tout genre. Fascinée par ce spectacle de l'horreur, j'ai voulu immortaliser ce moment de poésie, mais la videuse nous a dégagées direct, hilares, en plein milieu de la performance. Des anecdotes comme ça, on en a mille.

Deux pour cent de batterie, ça risque de couper. Julie me demande ce que Marilyn a vu de l'amour. Je fais un récap entre ce qu'elle et Pierre m'ont dit et ça donne ce rébus : blonde, à l'étranger, très entourée, une fête d'anniversaire et des pizzas. Voilà.

C'est demain ton rendez-vous avec Alice ?

Je marche vers un appartement que j'ai loué près de l'allée du Mail, à deux cents mètres de la plage. Je passe une nuit affreuse à me retourner dans le lit. Les lieux m'ont fait bonne impression au début mais je m'y sens mal, en particulier dans la chambre.

Je me lève à l'aube, épuisée, et je prends mon petit déjeuner dans le jardin, à l'ombre des roses. Je file voir Alice dans la matinée. C'est une guérisseuse. Elle est connue à l'hôpital de La Rochelle, au service oncologie : elle coupe le feu. Certains spécialistes conseillent à leurs patients de la consulter dès la première radiothérapie. Elle apaise, calme les douleurs. Les sceptiques parlent d'effet placebo, on touche aux limites de la science. Les médecins ne comprennent pas mais observent une amélioration. Alice soigne, on ne sait comment. Quand on m'a parlé d'elle, j'ai tout de suite eu envie de la rencontrer.

La description du pavillon improbable, l'attente à côté du vieux mari collé dans le canapé à fleurs, la télé à fond : tout ça était vrai. Je suis accueillie par un bouddha heureux posé sur la pelouse. Dans une petite pièce remplie de pierres de protection, de statuettes de la Vierge Marie et de Jésus, j'attends.

Alice me montre un siège défoncé, je m'assois, elle dépose sur mon plexus une énorme labradorite. Elle est occupée à faire des cercles avec sa main au-dessus de ma tête. Ce caillou casse les situations d'inconfort et de mal-être. Alice ne fait pas son âge. Je n'arrive pas à croire que cette femme vêtue d'une robe à pâquerettes a 80 ans, ni qu'elle conduit un camping-car jusqu'en Espagne pour ses vacances. Son regard bienveillant m'enveloppe de confiance. Je l'imagine faire des confitures pour ses petits-enfants, comme ma mère le fait pour les siens. Je reviens à la réalité quand elle me parle de liens transgénérationnels non coupés. Je suis stupéfaite, surtout après la séance avec Marilyn, la veille.

Votre grand-père est mort violemment ? Vous avez beaucoup de colère en vous, elle vient sans doute de là. On l'a forcé à se taire. Il demande réparation à travers vous. Ces émotions ne vous appartiennent pas. On va nettoyer ça.

Je ferme les yeux, je sens un poids s'échapper. Je suis légère, de façon instantanée.

Vous êtes bien où vous logez actuellement ?

Je la regarde comme si la Vierge Marie était dans la pièce.

Mais comment le savez-vous ? Je m'y sens mal ! Ma nuit a été agitée.

Ce n'est pas un endroit sain. Je vois que les murs sont pleins de salpêtre. Il y a une âme errante aussi, c'est l'ancienne propriétaire des lieux.

Je vais faire une syncope.

Alice appose ses mains sur mon cœur, mon plexus, mon ventre. Elle me dit qu'il faut éliminer les peurs et les angoisses. Travailler la respiration par le ventre et méditer. L'amour viendra bientôt, il ne faut pas s'inquiéter. Elle m'explique qu'il serait intéressant de faire une constellation familiale pour nettoyer en profondeur ma généalogie. La participation est libre, je lui donne 50 euros.

Mon rapport à l'invisible a ses limites : je suis terrorisée par les esprits. Un jour, avec Julie, on part écrire à la campagne dans une maison de vieilles pierres cachées sous le lierre – pleine Beauce. Notre ami Jean nous la prête gentiment. Après un détour au Super U pour le vin rouge, le saucisson et quelques tomates, provisions nécessaires à notre écriture, on fait un feu dans la cheminée – vive les clichés. La première journée est un paradis. La première nuit, un enfer. Je sens rapidement une présence qui n'aura de cesse de vouloir entrer en contact avec nous. Cet esprit a clairement décidé de nous faire chier ! En même temps, il était là avant nous. Les signes commencent avec Julie. Elle écrit en pleine nuit l'un de ses chapitres bien sombres et finit par aller se coucher à 3 heures du matin en regardant un film d'horreur dans son lit – elle adore ça. À 4 heures, elle descend chercher une bouteille d'eau. Elle en est sûre : elle avait éteint la lumière. Elle me réveille – sympa. Agnès, y a quelqu'un dans la maison ! La suite vaut son pesant de cacahuètes : l'esprit monte à l'étage et plus précisément dans la salle de bains. Durant cinq jours, il n'arrêtera pas de renverser le PQ et la poubelle des water-closets :

que cherchait-il à nous dire ? Plusieurs années après, la maison a brûlé.

Les expériences se sont multipliées dans d'autres lieux. Julie et moi sommes invitées en résidence d'écriture à La Rochelle. La maison Henri II est une bâtisse du XVIe siècle qui mêle colonnes, galeries et couloirs étroits. Les murs sont épais, le temps aussi. C'est un endroit idéal pour les vieux fantômes. Tout le monde y dort extrêmement mal, sauf Julie. Elle fait des nuits royales, écrit parfaitement dans sa chambre du rez-de-chaussée, volets fermés – elle est comme un coq en pâte. Pendant qu'elle ronfle, je ne trouve pas le sommeil et je gueule aux esprits de me foutre la paix. J'ai peur qu'ils me tuent. Laissez-moi tranquille, je ne veux pas de votre présence, je veux vivre ! Au petit déjeuner, Julie me regarde, atterrée. Chacune ses angoisses. J'ai peur des fantômes, elle de vomir. Elle est émétophobe, c'est un trouble anxieux mal connu – une peur intense et irrationnelle de dégobiller.

J'apprendrai plus tard que les lieux ont une histoire, une mémoire et des occupants. Ce sont des morts mal enterrés, des âmes perdues, errantes : des accidentés de voiture, des suicidés, des noyés. Les champs seraient bourrés de fantômes, de soldats des deux guerres, des tués par balle qui marchent, seuls, en colère ou paumés. Quand les présences s'accrochent aux humains, ils ressentent une baisse d'énergie, une grande fatigue. Il existe des passeuses d'âmes qui font monter les morts dans la lumière, dans l'amour pur. On a remarqué leur rapport à la nature et à l'alimentation (sans viande, sans gluten, avec du sucre et du choco quand même faut pas déconner).

Je laisse tout derrière moi, direction la gare, mes parents, un village près de La Rochelle. Les paysages charentais défilent. La mer et les marais. Les bocages et les carrelets, et Pierre le voyant qui m'appelle, Vannouv, t'es où ? Qu'est-ce que tu fous, encore par monts et par vaux ? Dans les bleds paumés, y a que trois sujets de discussion, je l'sais j'ai grandi à Dax : le prix de l'essence, la baguette trop cuite et les voisins. Pierre déteste la province. Je passe trois jours chez mes parents, pas assez pour me pendre, suffisamment pour me sentir mal. Chaque fois que j'y vais, je redeviens une enfant malgré mes 45 ans.

Ils viennent me chercher, leur allure de petits vieux m'émeut. Quelques mètres nous séparent, j'observe leurs silhouettes penchées. Je me souviens d'eux, jeunes. Ma mère était une femme très belle. Elle portait les cheveux longs, des jupes amples, des jeans. J'adorais la regarder mettre du rouge à lèvres devant le miroir de la salle de bains. Au fil des ans, elle a demandé à son coiffeur de raccourcir ses mèches poivre-sel. Ses yeux sont devenus petits, ils regardent à l'intérieur de moi. La pudeur m'empêche de lui dire que je l'aime.

Ma mère n'a pas fait de grandes études, elle l'a toujours regretté. L'école à Vientiane et un diplôme de sténodactylo lui ont permis de travailler pour le gouvernement américain dans les années 70. Sa fierté m'a emmenée vers un parcours universitaire à rallonges. Mes parents m'ont toujours encouragée. Grâce à eux, je n'ai jamais douté – une thèse, huit livres, des articles, des invitations, des conférences dans le monde entier. Si je pouvais avoir la même confiance en l'amour, je serais la reine d'Angkor. C'est un chapitre où ma mère ne m'a apporté aucun soutien. Quand je lui ai parlé de ma dernière compagne, elle n'a fait qu'un seul commentaire : il ne faudra pas venir pleurer quand ce sera fini ! La parole est performative, elle imprime une croyance qui s'infiltre dans l'inconscient, c'est un poison lent. Ma mère m'a prédit une vie amoureuse catastrophique. Elle m'a programmée pour réussir, et échouer.

Elle ne verbalise pas son amour – jamais. Elle l'exprime à travers sa cuisine. C'est une cheffe, ses plats sont savoureux et sophistiqués, ses gestes ancestraux : couper, cuire, assembler, assaisonner racontent la présence inconditionnelle. Mon beau-père s'en délecte. C'est un ancien flic. Un taiseux. Un Charentais. Un homme factuel. Il aime rendre des services : aller à la poste, imprimer des documents, calculer le meilleur taux d'intérêt, faire les comptes pour l'achat de mon appartement. Il m'a adoptée. Je n'ai jamais eu accès à lui par les mots. Je lui dis mon affection autrement. Quand ils partent en voyage, je leur offre toujours un cadeau. Je cherche un bon restaurant, un bel hôtel

– ils sont ravis. J'attends leur compte-rendu comme une gosse cherche les bons points. Mes parents sont mariés depuis trente-quatre ans. Le Français et l'Asiatique – cheveux noirs. Aucune progéniture ensemble mais ma mère en a eu trois d'une union précédente – un médecin laotien –, plus moi, avec mon père. Mon beau-père a épousé une femme et ce qui va avec : les joies et les emmerdes.

Mon histoire est compliquée. Elle l'est depuis ma naissance. Sur mes papiers d'identité, tout est faux : la date et la ville. Je suis née à Bangkok, le 3 août 1977, dans la mégapole la plus bordélique et la plus géniale du monde. Je suis Lion ascendant Vierge – comme Madonna. Lion : le feu, la générosité, le roi de la jungle qui veut être admiré. Vierge : la bosseuse ou la folle. Je suis tout cela à la fois. Pour mon entourage, c'est chiant et réjouissant.

Mon père vivait avec sa femme, Madame Weil, à Lat Phrao près du célèbre marché de Chatuchak. La maison coloniale était blanche, coquette, la rue fleurie. Ma mère, c'était sa maîtresse. Il lui louait une bicoque sur pilotis près de la Chao Phraya. Elle est tombée enceinte. Madame Weil était stérile, le couple voulait me garder : leur situation était confortable. Qui peut priver un enfant de sa mère ? Elle ne me racontera rien de ces années – ma naissance est un silence. Encore aujourd'hui, le nom de mon père n'est jamais prononcé : il se nomme Nattawat Wannaphan. La haine de ma mère à son égard me laisse penser qu'ils se sont aimés passionnément – il me le confirmera.

J'ai vu le jour à l'hôpital privé de San Paulo à 8 heures du matin. Mon père et sa femme ont payé l'accouchement de ma mère. Le 3 août, ils sont venus me chercher. Pas de fleurs ni de présent pour la jeune maman de 28 ans. Le cadeau, c'était moi, pour eux. Dans la grande maison blanche ma chambre était prête : le couffin, les biberons, les jouets. Il ne manquait que le bébé tout fait. Ma mère a refusé de me donner, l'épouse a crié. A-t-elle pensé une seconde me laisser ? Quand je regarde ma mère préparer ses terrines de foie gras, j'entends son rire d'enfant, je ne pense jamais à ce qu'elle a vécu, enduré, souffert. Un matin, dans un temple de son village au Laos, elle m'a juré qu'elle me voulait.

Le 3 août 1977, en plein cœur de l'été, sous un ciel de mousson, Madame Weil a pleuré. Avec mon père, ils avaient l'habitude d'acheter leurs désirs. Elle était promoteur immobilier, il était policier dans un système corrompu. Il préemptait des terres, elle construisait et revendait. L'argent coulait. Elle possédait tout, sauf un enfant.

Quand j'ai eu 30 ans, mon père m'a emmenée dans cet hôpital récupérer mon acte d'état civil, il n'a pas manqué de mentionner le prix de ma naissance : plusieurs dizaines de milliers de bahts – le visage de leur monstruosité.

Ma mère, en situation irrégulière en Thaïlande, a dû rejoindre son pays et un camp de réfugiés au Laos, avec moi sous le bras. Nous y sommes restées deux ans. Elle m'a raconté un jour qu'un homme avait volé le collier en or qui entourait mon cou et ma tétine. Et les communistes gagnaient Vientiane. La plupart de ses collègues étaient tués. « Collabo ! Collabo ! » – on entendait les balles et les cris, c'était la purge. On a quitté précipitamment le territoire. Grâce à son engagement auprès des Américains durant des années, elle a obtenu l'exil politique. Dans sa liste de vœux : les États-Unis, le Canada, et la France. Elle parlait la langue grâce aux religieuses de l'école française à Vientiane : son destin était scellé.

Le récit de mes origines n'est ni glorieux ni réconfortant. Rien d'étonnant que je me sente si peu en sécurité. Ma naissance est un chaos. Mes parents ont fait comme ils ont pu. Je n'ai pas manqué d'amour – tout le monde me voulait.

ARIEL FREIDMAN

(Julie)

Avant-hier, j'ai porté Saul : mon dos a lâché. Je ne pouvais plus me lever, à peine marcher, une douleur aiguë harcelait mes vertèbres – sacré Henri V !

Agnès m'appelle, il est 7 heures du matin. Je ne réponds pas, j'ai les yeux loin, collés aux contes de ma nuit. Juju, t'es là, t'es réveillée ? Elle ne lâche pas l'affaire. Je ne décroche jamais sans avoir bu un café ou deux, voire trois, sinon je gueule. Y a Saul à gérer. Couche, bouffe, fringues, descendre les six étages sans ascenseur, la poussette ou les pieds – à pied à pied ! –, la crèche, salut mon ange, bisous, câlin, à ce soir. Lorsque je suis tombée enceinte, je n'ai jamais autant pleuré : ma vie prenait fin. Je ne serais plus jamais libre. Je ne serais plus jamais une enfant (c'était faux). Je devenais un clapier. Je n'avais rien à transmettre sinon le silence – personnage principal de ma famille. J'étais terrorisée et je me jetais, les bras mous, dans ceux de David qui, je le voyais au fond de ses yeux, commençait à se dire, neuf mois avec cette folle, ça va être long. Je fonçais me réfugier dans les jupes d'Agnès et une pâtisserie de cookies. On a corrigé son quatrième roman, *La Collectionneuse* – la fiction m'a fait du bien et penser à autre chose qu'à ce verbe : *se reproduire*, à tout ce qu'il pouvait contenir, enclore, signifier.

Tomber enceinte, tomber en dépression, tomber dans les escaliers, tomber amoureux. Je suis tombée, c'est le mot. Et puis à la fin j'ai accouché, comme des milliards de femmes avant moi, avec quelques drogues dans le cornet. L'anesthésiste, ce dealer, était bien content de me donner un dérivé morphinique en plus du reste – je l'ai vu à son petit sourire qu'il aimait ça, faire taire la douleur. En effet, je n'ai rien senti, même mes jambes n'existaient plus. Et Saul est sorti de moi avec deux spatules géantes, type cuillères à salade. La médecin, une jeune interne appelée en urgence, m'a dit qu'elle allait procéder à une entaille. Une épisiotomie, rectifiai-je énervée, les jambes en échasses. Il était hors de question que cette personne me coupe en deux, et je le lui fis savoir. Ma sage-femme m'avait expliqué en long en large que les grandes déchirures (c'est-à-dire jusqu'à l'anus) étaient rarissimes, que la plupart des épisios pouvaient être évitées et qu'il fallait se méfier des tailleurs de vagins. Finalement, l'interne n'a rien fait et je n'ai rien eu – j'ai bien fait de gueuler. Sans l'arrivée de Saul dans ma vie, je n'aurais pas écrit ce livre, je n'en aurais jamais eu l'idée. Je ne léguerai pas à mon enfant des blessures qui ne lui appartiennent pas. Je ne lui confierai pas tous les cris perdus au fond de moi.

Il faut que je le confesse, j'ai eu dans ma vie des visions. J'ai vu des choses et des visages, parfois mon avenir. C'est arrivé très rarement, mais c'est arrivé. Saul m'est apparu trois mois avant de se ficher dans mon ventre. Il est venu me prévenir – c'était sympa de sa part. Un après-midi, vers 15 heures, heure molle, une image merveilleuse a éclos en moi, celle d'un garçon de 7 ans, figé dans des buissons ardents, les cheveux longs, qui arborait deux grands bois de cerf : c'était mon fils, je l'ai reconnu tout de suite. Je ne sais pas de quel monde venait ce petit garçon, de quelles étoiles perdues. Il est resté quelques secondes à l'intérieur de mes yeux et il a disparu. Tout cela peut paraître grotesque, ce n'est qu'une image. Est-elle arrivée par peur, par imagination, ou grâce à quelque chose qui me dépasse. À quoi ressemble une image vraie, authentique. Pourquoi avoir foi dans une image plutôt que dans rien. Les images nous sauvent du néant, elles sont les supports nécessaires à la croyance – l'homme a cru dans les images qu'il a fabriquées, il en a fait des signes, des icônes.

J'appelle Agnès. Elle est mal. Elle se sent comme abandonnée, vide d'amour. Elle me parle du désespoir de ne jamais trouver ce qu'elle attend. Qu'attend-elle, d'ailleurs. Je ne crois pas qu'elle le sache. Quelle charge fait-on porter à l'autre sinon qu'il nous arrache à la solitude, celle ontologique, la solitude des Hommes, et qu'il ajoute de la vie à la vie. Aimer, c'est sûrement ça : exister dans un degré de vie supérieur. Agnès attend sa blonde comme un messie lesbien. Je lui jure, tu rencontreras une meuf bientôt, c'est pas les filles qui manquent. Et je t'ai vue à l'œuvre, draguer : t'es douée ma vieille. Même si tu balances des phrases d'un autre temps, qui dans la bouche d'un mec seraient catastrophiques, dans la tienne de bouche, c'est toujours drôle, unique. Tu éclates de rire toutes les cinq minutes et je crois le rire enchevêtré à l'amour. Ton rire rend la vie plus intéressante et plus joyeuse ; c'est un rire d'enfant intelligent.

Agnès n'a peur de rien. Elle part seule en voyage à l'autre bout du monde, se mêle aux pêcheurs comme aux milliardaires comme aux paysans comme aux artistes – il n'y a aucune frontière dans sa tête. Elle est capable de demander n'importe quoi à n'importe qui. D'arriver sur un ponton au bout d'un port, de voir qu'une femme s'y baigne, de la héler, bonjour, j'ai oublié mon bas de maillot de bain, j'ai pris que le haut, ça vous dérange pas ?, et de sauter à l'eau. Elle casse les politesses. Grille toutes sortes de queues en brandissant une carte de presse périmée. Fait des scandales hilarants. Se balade les seins à l'air dans la rue parce qu'il fait trop chaud, et puis merde, les mecs sont bien torse nu, ben moi aussi. Enseigne à la fac. Donne des conférences aux quatre coins de la terre. Elle est cette gamine rebelle. Avec elle, l'amitié ressemble au ciel, immuable – on n'imagine pas une journée sans rien au-dessus de la tête.

Je prépare un autre litre de café, je me rappelle notre rencontre. Un voyage de presse au FRAC, à Metz, il y a quatorze ans. Elle m'avait draguée dans le train. On était une dizaine de journalistes et critiques d'art à aller voir l'exposition *L'Infamille*. Je me suis assise près d'une fenêtre et elle s'est installée avec une amie sur la banquette en face. Elle me regardait comme elle regarde les gâteaux à la boulangerie. Elle faisait des messes basses à sa pote en me matant – elle était d'une grande discrétion. Au déjeuner, elle s'est jetée sur la chaise voisine de la mienne et m'a bombardée, t'es belle, t'es vachement belle, en riant de tout son rire. C'était un jeu pour elle, il n'y avait aucun désir hormis celui de se connaître. À partir de ce jour – je me souviens même de la météo moi qui ne me souviens de rien, il faisait beau et froid –, on ne s'est plus quittées. On a tout partagé, travaillé sur des projets, voyagé, on s'est marrées en permanence, aidées sans limites.

J'ai connu Agnès dans une exposition qui s'appelle *L'Infamille* – j'y vois comme un signe aujourd'hui. À l'époque, une association catholique avait poursuivi le FRAC Lorraine devant les juridictions civiles pour la faire interdire, invoquant le respect de la dignité de la personne humaine. Ce qui posait problème à ces culs serrés qui ne supportent pas que l'on bouscule le modèle familial traditionnel, fondateur de nos sociétés tordues, perverses et agressives, c'étaient les œuvres d'Éric Pougeau. Nous, on les avait trouvées hilarantes. Il s'agissait de petits mots écrits à la main sur des feuilles blanches par des parents à l'intention de leurs enfants. Des genres de post-it qu'on laisse sur le frigidaire. Les lettres ressemblaient à ça :

> Les enfants,
> Nous allons faire de vous nos putes.
> Vous êtes notre chair et notre sang.
> À plus tard,
> Papa et Maman

Il y avait des variantes : Nous allons vous faire bouffer votre merde. Nous allons faire de vous nos esclaves. Nous allons vous enfermer. Nous allons vous arracher les yeux. Nous allons vous sodomiser et vous crucifier. À plus tard, Papa et Maman.

En France, un enfant sur dix serait victime de violences sexuelles, sans doute plus compte tenu du sous-signalement. Comment en est-on arrivé là ? L'inceste, c'est le viol. L'inceste, c'est le silence. L'inceste, c'est la honte. L'inceste, c'est le pouvoir. L'inceste, c'est un système. Notre société est une maison infestée de termites. Que doit-on faire pour que *ça* s'arrête : faire du bruit, un vacarme. En attendant de gueuler, je reste au chaud dans mon silence, loin de ma séance avec Henri V et de ses révélations ; je n'ai pas envie de me pencher au-dessus d'un précipice. Je ne parle pas à mes parents, je n'en ai ni le courage ni la force physique, je n'ai aucune preuve de rien, je n'ai que mes suspicions et les mots d'un homme qui parle avec les morts, je choisis l'évitement, et tous les ciels sont tristes. En plus, je dois présenter mon nouveau livre dans une librairie ce soir à 19 heures : ça me fait chier. Je préférerais dormir.

Je suis sans électricité, happée par une fatigue vorace. La vie m'apparaît : merdique. Je pèse un âne, un cheval, un bœuf ensemble. Dans un élan de survie, je prends rendez-vous avec Ariel Freidman, un hypnothérapeute et un peu plus que ça. Il donne des consultations dans le 8e, un arrondissement où il est rare de foutre les pieds, sauf pour aller voir un spécialiste hors de prix, type ORL ou dermatologue. C'est ma chance, il y a un créneau de libre dans une heure et demie. Aller jusque là-bas m'accable, c'est loin, cinquante minutes. Je prends une douche chaude qui m'endort.

Je descends dans la ville envahie par un soleil gris. Je monte sur mon vélo péniblement. Il y a des poussettes partout que poussent des mères ou des nounous épuisées, et des papas contents. Alors que je pédale, je rappelle Agnès, cache mes écouteurs sous ma chapka et mon téléphone dans ma culotte. J'ai écopé d'une amende il y a un mois : 90 euros ; j'ai échappé de peu à l'outrage à agent. Je me lance dans une tirade sur la famille. La famille, un lieu d'abus, d'amour, de pouvoir et de transmission : un monde de contradictions. Chaque membre est condamné à un lien perpétuel et passera sa vie à essayer de réparer les dégâts causés par lui. Ceux qui n'iront pas chez un psy subiront phobies, angoisses, insomnies, addictions, dépressions. Certains se coltineront tout ça même allongés sur un sofa chaque semaine ; d'autres écriront des livres, joueront du piano ou peindront des choses sur des toiles. Belle vision de la famille – c'est mon côté optimiste et gidien. Il y a cette phrase dans *Les Faux-Monnayeurs* qui me plaît : « l'égoïsme familial… à peine moins hideux que l'égoïsme individuel ».

Je continue de pérorer entre les klaxons et les pots d'échappement. Agnès ponctue mon monologue de hum hum, ah oui, hum hum. C'est vrai, la famille n'est pas une chose naturelle, c'est une chose humaine, une alliance. Je ne crois pas qu'il soit sain que deux personnes entre quatre murs fassent des enfants, élevés entre ces murs, et que tout ce petit monde passe son temps à vivre, penser, manger, dormir ensemble, partir en vacances dans une autre maison pleine de murs, marcher sur des montagnes, nager dans des mers, liés à s'en étouffer. La promiscuité est diabolique, et délétère. Comment imaginer intellectuellement qu'il soit souhaitable de rester cloîtrés à plusieurs quelque part ? On ne dit jamais que les violences conjugales, celles perpétrées sur les enfants adviennent à cause de l'enfermement. Pendant le Covid et les confinements successifs, la violence intrafamiliale a explosé. La famille est à réinventer, comme le reste. Ceux qui arrivent à s'épanouir dans la taule domestique, comment font-ils ? On ne parle pas de *cellule* familiale pour rien – la geôle et ses matons (règles, contrôle, discipline, surveillance, punitions, horaires, cris, et promenade). Ceux qui s'aiment toute une vie entre des murs, comment font-ils, Agnès ? Elle n'a rien écouté, je ne lui jette pas la pierre. T'es là ?

Je freine en catastrophe devant un vieux barbu en trottinette qui m'insulte copieusement. Je n'ai pas la force de répondre, je tends le doigt du milieu : Paris et ses égards. Je pense à ma mère qui m'a acheté un casque de vélo que je ne mets jamais – elle sera ravie de l'apprendre. Ma mère s'inquiète pour tout et pour moi. Lorsque je suis malade, je l'appelle quatre fois par jour. Quand c'est elle qui souffre, j'ai du mal à dormir. Elle est ma fondation, un socle. Je voudrais que jamais elle ne disparaisse du monde. L'idée de son absence me terrifie – j'ai 8 ans ½ pour toujours. Qu'a-t-elle fait du silence de son mari ?

Rue de la Bienfaisance, la porte s'ouvre. J'attends dans un couloir sur une chaise. Je pourrais me coucher sur la moquette et dormir. Ariel Freidman arrive. Son sourire me console. Je suis déjà allée le voir une fois, l'année dernière, sur les conseils d'Agnès. Hélas, elle a eu tendance à le solliciter volontiers et il a fini par lui envoyer ce message : « Bonjour, ce qui est occasionnel ou ponctuel est devenu récurrent. Je vous ai donné de mon temps et de mon énergie mais cela est trop maintenant, j'ai déjà dépassé ma limite. Vous comprendrez que je ne peux continuer à vous répondre. Bien à vous, Ariel Freidman. »

J'entre dans son cabinet, lasse et morne. Il veut savoir ce qui m'amène : je n'ai plus de jus, voilà ce qui m'amène, je dois faire la présentation d'un livre que j'ai mis plus de deux ans à écrire, et je m'en fous.

Enfermée en cet homme, il y a une mer de paix. C'est un type qui a une épaisseur, enroulée de mystère – il ne doit pas manger que des salades de quinoa non plus. Il porte une barbe noire, et une kippa. Il ressemble à un sage, c'est une masse rassurante, très ancrée dans le sol. Le mot autorité me vient, flanqué du mot pilier, ou colonne. Il me fait penser à une base architecturale, un truc solide. Il me demande de tout décroiser, mes jambes, mes bras, de le regarder, de ne jamais laisser mes yeux fuir dans les angles morts mais de les planter dans les siens, d'être là, complètement. Il me pose un tas de questions sur mon écriture et mon rapport à la honte, aux autres, à la peur de chuter. Il commence une séance d'hypnose focalisée sur la joie de partager mon livre.

Je suis très réceptive à cette technique thérapeutique. Un après-midi de gueule de bois, j'ai arrêté de fumer grâce à une vidéo sur YouTube – séance complète d'hypnose pour arrêter de fumer (25 minutes). Je fumais depuis mes 15 ans un tas de clopes, peut-être trente par jour. Camel, Gauloises blondes, et Fleur du Pays avec filtre quand c'est devenu trop cher. Personne ne me pensait capable de me libérer de la fumée tant elle était constitutive de mon être. Je me rappelle la voix de l'homme qui m'a guidée sur YouTube – il avait un fort accent du Sud-Est. Après une seule écoute, mon inconscient a cru que je n'avais jamais fumé de ma vie. Voilà une croyance qui est un mensonge qui est une bénédiction. Je n'ai plus touché une cigarette. La vidéo a disparu d'Internet.

Ariel Freidman m'invite à allonger mon corps sur une table, type table d'ostéopathe, pour un moment d'hypnose non verbale, c'est-à-dire muette. Il met de la musique. Des morceaux planants, spirituels, des mantras. Je ferme les yeux et ce qui se trame, je ne saurais l'expliquer. Il applique ses mains à différents endroits – épaules, chevilles, plexus, tête. Il rééquilibre, chasse, stimule des zones, bouche des trous, nettoie, remplace, injecte de la vie dans mon corps désaxé. Il soigne avec des flux invisibles au bout de ses doigts. Je vois à l'intérieur de moi une lumière bleue, puis blanche. Une heure après, je me relève, shootée. Je m'assois sur le bord de la table. Je ne comprends pas ce qu'il fait derrière mon dos, il ne me touche pas, et je tombe dans une hypnose soudaine : mon corps est une marionnette retenue par un fil aveugle, je reste consciente de tout. Je sens sur mon épaule se poser une main, ce n'est pas celle d'Ariel Freidman. Cette main me bouleverse, elle semble souffler à mon âme que tout ira bien, que quelqu'un veille sur moi, m'accompagne. À qui appartient cette main ? Toujours est-il que je ne suis plus cette chose molle et fragile. Un sentiment puissant m'enveloppe et me traverse : la joie. La joie pure d'être vivante. L'effet est immédiat et le monde, une chance. Je veux tout ressentir et tout faire et tout aimer. Une envie de poser ma bouche sur la pulpe acide d'un pamplemousse m'envahit, va savoir pourquoi.

J'interroge Ariel Freidman, comment fait-il pour soigner les autres ? Il reste évasif. Un mélange de plusieurs techniques, la rencontre de nos énergies. Je lui parle de la main invisible, il sourit, je ne vous ai pas touchée, Julie. Sa pratique de l'hypnose est physiologique, psychologique, émotionnelle – globale. Il croit dans l'autoguérison. Le simple fait de décider d'aller mieux, d'accepter de se laisser guider, ce serait cinquante pour cent du travail thérapeutique. Il finit par m'avouer qu'il est aidé, là-haut, par un grand rabbin, un chef spirituel. Lui ne sait pas, plusieurs médiums lui ont dit. Sur son site internet, il a écrit cette phrase en exergue : « Vous n'avez pas besoin d'y croire pour que cela fonctionne. » Cette assertion est performative, très maligne ; elle abat des digues mentales, des résistances inconscientes et se transforme en croyance : quoi que je pense, j'irai mieux ! Personnellement, l'autorité de la kippa, la musique, l'intelligence de cet homme, et le côté mystique, ça marche. Je suis arrivée serpillière, je repars volcan et papillon à la fois. Je ne suis apparemment pas la seule, vu les 158 avis dithyrambiques laissés sur Google, et la note étincelante de 4,9 étoiles sur 5.

Je remercie Ariel Freidman que je paie 100 euros – c'est une somme. Qu'importe, je suis vivante. Je sors du cabinet, virevoltante, à la recherche d'une épicerie et d'un pamplemousse. Ici ! Je choisis un fruit dans le tas : le plus beau. Je demande au maraîcher de le couper en deux, je plonge mes dents, ma langue à l'intérieur : je m'en fous partout.

Je rentre grisée par mon état de grâce. Je me prépare, je présente mon livre dans une heure rue Sedaine, à l'Impromptu, une libraire qui a l'intelligence d'avoir installé un mini-bar au milieu des bouquins. Je suis heureuse, bêtement heureuse. Je me maquille, chausse mes bottines blanches qui ressemblent à des patins à glace et m'engage dans la cage d'escalier quand, sur mon téléphone, le prénom de mon oncle apparaît : Dominique. Salut Doumé. Salut Julie. Il veut savoir où j'en suis dans mes recherches. Je n'ai pas le temps de lui raconter, je lui promets de tout lui dire bientôt. Avant de raccrocher, je lui demande s'il se rappelle une émeraude dans la famille, une émeraude au bout d'une chaîne. Il dit : oui, bien sûr, l'émeraude !

LA VOYANTE

(Agnès)

Grève des trains. Grève des avions. Je suis obligée de rentrer à Paris en covoiturage : l'enfer. Sur le site, un type répond qu'il lui reste une place. Il me donne rendez-vous sur le parking du Super U. Un chauve à l'air affable sort d'une grosse bagnole. Il range ma valise à roulettes dans le coffre. Une petite brune débarque, regard ultra bleu, pantalon-tunique, chemisier à fleurs, la quarantaine. Elle porte un barda, énorme valise, tringle à rideaux, box à chat – c'est parfait pour mon asthme. Je suis allergique à leurs poils et je pense aux cinq heures de trajet – j'ai oublié ma Ventoline. Discussion passionnante, le prix de l'essence, les bouchons, la grève cette exception française. Quand vient la question que faites-vous dans la vie, Isabelle dit qu'elle est coach de vie spirituelle. Je lâche mon téléphone. En quoi ça consiste précisément ? Elle répond prudemment qu'elle conseille les gens dans leurs prises de décision. Parfois ils choisissent la lumière, parfois l'obscurité. Le conducteur lance dans le rétroviseur un regard curieux.

Piqué, il essaie d'en savoir plus. Elle finit par expliquer qu'elle *voit* et qu'elle *sent* des choses. Je mets les pieds dans le plat, vous êtes voyante, c'est ça ? Elle répond sans se faire prier, plutôt clairaudiente, je n'ai pas de flashs mais j'entends une voix, j'ai des messages qui peuvent aider les gens. Depuis que j'écris ce livre, je ne fais que rencontrer des gens connectés au monde invisible.

Le conducteur interroge Isabelle sur son parcours et ses capacités. À 10 ans, sur son lit de mort, son grand-père lui a transmis ce don qui s'arrêtera avec elle. Elle n'a pas d'enfants, pas d'amour ; elle est trop absorbée par l'énergie des autres. Le temps passe. Les camions et les voitures remontent vers la capitale. Les paysages du passé défilent. Dans ma tête se télescopent deux temporalités, la jeune fille que j'étais et la femme de 45 ans. Le type demande à Isabelle si on peut faire un test, par curiosité. Il veut savoir s'il peut y croire. En revanche, il n'a aucune envie qu'elle se penche sur sa vie. Derrière le scepticisme, je perçois la peur. Je propose de servir de cobaye. Vous pouvez lire à l'intérieur de moi, Isabelle, je n'ai rien à cacher ! Elle me balance aussitôt, vous avez eu une crise mystique à 16 ans n'est-ce pas ?

C'est vrai ! J'ai commencé à faire des retraites dans un monastère en Charente. Ma famille n'est pas catholique mais ma mère m'a souvent parlé de son école au Laos dans laquelle les sœurs françaises lui ont appris la langue de Molière. Elle a toujours évoqué sa foi en expliquant que Dieu est partout. Il prend les traits de Bouddha ou de Jésus. Il est dans l'Univers. C'est ma mère : je la crois. Adolescente, je me suis inscrite à l'aumônerie, de mon propre chef. Au lieu de faire un voyage scolaire pour visiter Prague et boire de la bière, j'ai choisi le camp « Prier en montagne ». C'est l'exact contraire de Julie. Elle m'a dit un jour qu'elle faisait des crises interminables pour ne pas se rendre au catéchisme, se rebellait contre les dogmes, ne pouvait pas blairer les curés. Pour moi, les chants et le catéchisme n'avaient rien à voir avec les prières bouddhistes de ma mère. À la maison, j'aimais observer ses rituels : les bâtons d'encens sur l'autel, les offrandes à Bouddha, les couronnes de fleurs, les coupelles d'eau pure, la nourriture pour nos morts. Le respect des vies passées, l'espoir que la lignée familiale se réincarne dans la beauté et la sérénité.

À 16 ans, j'ai pris mes fiches et je suis allée réviser mon bac à l'abbaye de Maumont. Ma fascination pour la liturgie a commencé là-bas. C'était très puissant, j'ai senti Dieu dans le chant des bénédictines. J'allais aux matines, aux vêpres, aux laudes. Au milieu du séjour, j'ai pensé que le Seigneur m'appelait auprès de Lui. Je me suis confiée à sœur Jean-Baptiste qui s'occupait des visiteurs. Elle m'a fait comprendre délicatement la différence entre vocation et fascination. À défaut de prendre le voile, je suis devenue lesbienne – une LGBTQIA+ de Dieu. Près de trente ans plus tard, je suis retournée voir les sœurs : j'avais besoin d'une retraite spirituelle. Je voulais ressentir un amour plus fort que l'amour humain. Il me fallait embrasser la transcendance, remplir mon cœur de lumière, dépasser mes difficultés – au-delà du perceptible. J'étais à un croisement de ma vie, j'espérais dégager le tumulte, devenir une femme plus sage pour accueillir l'autre. Je suis allée chez les sœurs : Dieu mettrait sur mon chemin l'amour que j'attendais.

J'ai fait la connaissance du prêtre de l'abbaye. Un homme grand, brun, coupe de moine, des yeux d'enfant sage. Il m'a parlé de sa formation d'exorciste prodiguée par le diocèse. Dans la région, il y a une forte demande – avant de sonner les urgences psychiatriques, on fait appel aux hommes d'Église pour délivrer les esprits possédés.

Père Yves m'a donné rendez-vous un après-midi : venez sous le tilleul à 14 heures. Il a débarqué dans sa robe de prêtrise – blanc cassé, longue, un cadeau des religieuses. Je demande à mes covoitureurs s'ils ont vu le film *Les oiseaux se cachent pour mourir*. Le prêtre ressemble à Richard Chamberlain – le combo gagnant du charme et du charisme. Père Yves respire la bonté. Au pied de notre arbre, on a parlé de foi, du monde, de la nature. Il m'a proposé de faire une prière. Une brise a traversé les feuillages, le vent léger a caressé les peaux, le chant des oiseaux s'est adressé aux âmes. J'ai fermé les yeux sous l'autorité bienveillante du père. Quelques minutes après, j'ai vu Jésus dans une lumière bleue. Il se tenait face à moi. J'ai admiré sa grande chevelure, son regard de compassion, ses traits d'icône. Présence divine. J'ai senti un souffle chaud se poser à l'intérieur de mon ventre. Le ciel est devenu blanc. Le soleil a frappé nos visages. Dans mon corps, le calme. Jésus m'a tendu la main, un geste d'amour total. Il a murmuré, Agnès, pardon, je ne savais pas à quel point tu m'attendais, combien tu avais besoin de moi, et les jours et les doutes et ta solitude. Maintenant tu ne seras plus jamais seule. L'amour qu'on doit aux autres, on le décide. Promets-moi d'agir en conscience. Pour toi, pour Dieu, et l'Univers.

La crise mystique de mes 16 printemps s'est doublée à mes 45 ans. Père Yves m'a écoutée parler de mon apparition. Il m'a offert ce sourire qu'ont les croyants. Sur les visages, je reconnais la douceur de la foi. Je l'ai interrogé sur l'amour. Agnès, accordez votre pardon à ceux qui vous ont fait du mal. Acceptez de faire alliance avec vous-même. L'entretien s'est achevé sur ces mots : si vous traversez des moments de peur, revenez à la prière. Faites le bien pour être dans le bon. Ne sombrez pas dans les forces mauvaises. Le Seigneur vous protégera.

Péage d'autoroute. Le conducteur prie Isabelle de continuer – il y prend goût. Elle me fixe. Son regard bleu me transperce, vous allez rencontrer une femme. Elle est belle et solaire. Vous verrez, elle porte un bracelet spécial. Avec des motifs. Striés. Un truc africain.

Paris, périph et embouteillages. Mon appartement. Tout est à sa place, mes livres, mes bouddhas, la lumière du soir. Mon téléphone vibre. Un message qui m'invite à un anniversaire. Je dis oui, direct. Ce soir, je sors.

Paris, un rez-de-chaussée, une cour arborée près des Buttes-Chaumont. Les gens sont agglutinés à fumer des clopes. Ils parlent, boivent, rient. Je cherche des yeux le buffet. Marylin m'a prédit l'amour à une soirée pizza – je m'en souviens très bien. Ses paroles tournent dans ma tête, mais aucune regina, aucune calzone à l'horizon. Sauf dans la cuisine où la maîtresse de maison sort du four une quatre-saisons brûlante. Je suis comme une dingue. Mon regard balaie la pièce. Je cherche ma blonde : rien. Je squatte le buffet où les gens sont plus enclins à discuter. Malgré la tache de farine, la sauce tomate et la bouche pleine de mozzarella, une femme s'approche. Elle porte un bracelet. Strié, coloré. J'avale sans mâcher et manque de m'étouffer. Je lui demande si elle veut boire une bière. Je me lance dans une drague lourde, ma grande spécialité selon Julie. J'adore votre coupe de cheveux, et votre bijou il vient d'où ? Du Pérou, c'est un cadeau de mon père qui est de là-bas. Comment cette quadra blonde et blanche peut avoir des origines péruviennes ? Le son monte d'un cran. La foule se met à danser, les barrières sociales explosent, les corps se lâchent. Je lui parle dans l'oreille. Elle me répond à deux centimètres de ma bouche. La musique est géniale. Elle bouge – hyper sensuelle. On danse. On s'embrasse. C'est onctueux. Les gens nous regardent, on s'embrasse. Il est tard, les derniers invités quittent l'appartement, on s'embrasse. Dans la rue, je hèle un taxi. Je tiens la portière, le bracelet brille dans la nuit. Elle plante son regard dans le mien, désolée, j'adorerais te suivre mais j'ai quelqu'un. On ne s'embrasse plus. La voiture démarre. C'est une petite gifle. Pas méchante. Une déception. Paris la nuit. Les rues vides. Ça aurait pu être elle, la pizza, les gens autour, le bracelet. Ça aurait pu être elle ou une autre, une jeune, une brune sans bijou. À force de chercher ce qu'on me dit de chercher, je passe à côté de qui de quoi. À quoi tient la croyance ?

Ce soir, j'ai besoin de mon père – lui qui a passé sa vie à merder, puis à prier. Dans cette nuit noire, c'est à l'homme spirituel que je m'adresse. Il n'est plus de ce monde mais je le visualise à Bangkok avec son gros ventre et ses jambes fines. Il riait beaucoup.

Quand mon père est mort, je ne l'ai pas su. Je l'ai appris neuf mois après. C'est inaudible pour les gens. J'ajouterai une chose : il m'a fallu enquêter moi-même sur les circonstances de son décès. Il y a quelques années – six, pour être précise – je lui ai écrit une lettre. C'est grâce à ce bout de papier que je ne me suis pas effondrée quand j'ai appris sa disparition. J'étais en paix avec lui.

Bangkok, 27 janvier 2017

Papa,

J'ai 39 ans et j'ai besoin de laisser le passé derrière moi pour être enfin heureuse.

Quand vous m'avez eue, toi et maman, j'étais supposée rester en Thaïlande. La vie en a décidé autrement.

J'ai plusieurs choses à te dire que j'ai gardées en moi trop longtemps. Aujourd'hui, j'ai besoin de me libérer de cette douleur et vivre ma vie dans l'amour. Loin de toute peur.

J'ai été en colère contre toi car tu as abandonné maman – pas moi, mais maman. Tu l'as laissée sur le bas-côté. Pendant ce temps, tu menais grand train à Bangkok avec ta femme.

Parfois, tu nous rendais visite en France. Tu t'es même marié avec une amie de maman – un mariage blanc en vue d'obtenir un passeport français. L'idée était de monter un business à Paris. Tu as trahi maman en lui étant infidèle. À ce moment-là, tout s'est effondré. Elle a dû souffrir et se sentir bien seule. Heureusement, elle a rencontré l'amour – elle est mariée depuis plus de vingt-cinq ans.

Tu sais, papa, j'essaie de construire une relation père-fille depuis que nous nous sommes retrouvés après trente ans d'absence. Parfois, je me demande pourquoi tu ne m'appelles pas pour prendre des nouvelles. Pourquoi tu as autant de détachement.

Pourquoi tu crois plus à la force du monde invisible qu'aux liens humains. N'attends-tu vraiment rien de la vie ? Ton absence m'a donné beaucoup d'insécurité. C'est compliqué pour moi de faire confiance à celle que j'aime. J'ai toujours peur de trahir et d'être trahie. En général, je fais tout pour mettre fin aux relations. Je saccage, je piétine. Aujourd'hui, je ne veux plus vivre comme ça.

Papa, j'ai besoin de te pardonner.

Je voudrais te remercier de m'avoir donné la vie.

Je ne serais jamais devenue l'écrivaine que je suis sans toi.

Ta fille qui t'aime

LA MALÉDICTION

(Julie)

Il y a six ans, j'ai subi un exorcisme. Je rembobine, que l'on comprenne comment j'en suis arrivée à ce que l'on me jette de l'eau bénite au visage en récitant des phrases en latin.

Ça commence un samedi soir de juin. Je me rends à la fête d'anniversaire d'une amie. Vers minuit, je discute avec une fille blonde aux yeux noisette, je ne la connais pas, elle s'appelle Chloé. Champagne, gâteau au chocolat, rires, cris, musique, danse – une fête d'anniversaire quoi. De ma conversation avec Chloé, je ne me souviens pas. Ce que je me rappelle, c'est nos yeux se regardant et pleurant à l'unisson, sans raison apparente, c'est mon cœur se remplissant d'une tristesse dégoulinante et Chloé qui se penche et souffle à mon oreille cette phrase, ta tante, Julie, ta tante est là.

Un courant froid soulève la totalité de mes poils – porc-épic. Pourquoi Perrine s'est-elle déplacée dans le 11e arrondissement, au sixième étage d'un immeuble de la rue de la Fontaine-au-Roi, alors qu'elle est morte depuis trente-trois ans ? Qu'attends-tu de moi, ma tante ? Tu sais que mon deuxième prénom, c'est le tien. Je m'appelle Perrine, comme toi. Est-ce un hasard si dans ma famille la charge de ta mémoire s'est affalée sur moi ? Un jour, on m'a donné une jupe qui t'appartenait – elle était violette, psychédélique. Je l'ai portée une fois et des larmes sont venues à mes yeux, c'étaient peut-être les tiennes qui coulaient à travers moi. Je voudrais savoir ce que tu caches, veux-tu me le dire. Veux-tu que je raconte au monde la grandeur de tes rêves, tes longs cheveux noirs tressés, ton amour pour les chevaux, ton amour pour tes frères. Veux-tu que je parle de la jeune femme que tu étais, silencieuse et bizarre, que je dise ce que les autres pensent, que tu es devenue folle à la fin, que tu entendais des voix, que c'est pour ça que tu es morte. Pourquoi devient-on fou un jour parmi les jours d'une semaine parmi les semaines d'une année parmi les années d'une vie, pour quelles raisons, toi, Perrine, es-tu devenue schizophrène, pour échapper à quoi, à qui ?

Je questionne Chloé et son don de médiumnité. Elle me raconte qu'elle a plaqué son poste de directrice marketing dans une grosse boîte de communication pour être énergéticienne. À la naissance de sa fille, elle a fait une dépression, puis des choses ont bougé en elle, un besoin de sens, l'appel d'un chemin spirituel. Elle a commencé à sentir, à voir ce qui n'est pas visible – des esprits, appelons ça comme ça. Depuis un an, elle loue un cabinet en banlieue parisienne dans lequel elle exerce une pratique consistant à débarrasser les gens de leurs blocages énergétiques ou, plus flippant, d'entités collées à eux. J'imagine immédiatement des êtres de fumée, noirs et malveillants, aux faces déformées, étirées en longueur – des gueules de suppôts de Satan.

Je contacte Chloé le lundi suivant pour prendre rendez-vous tant je suis troublée par ce qu'il s'est passé. Je lui laisse un message sur son répondeur. Elle me rappelle, Julie je suis désolée, je ne pourrai pas te recevoir, c'est trop puissant, je n'ai pas les capacités pour ça, il y a une malédiction sur toi et ta famille, je sens que tu as des dons aussi, des dons de médium. Je vais te donner le numéro de celui qui m'a formée, ne t'inquiète pas, il saura quoi faire.

Si elle avait dit ça à quelqu'un de moins je-m'en-foutiste, il n'aurait plus jamais dormi de sa vie. Maudit est un mot à la dramaturgie terrifiante. Il contient des histoires abominables, des catastrophes perpétuelles, des souffrances atroces, des maladies dégénératives, une poisse infernale, des morts en série, et le malheur tout le temps : c'est violent. Dans le doute, j'appelle M. le Maître. Je suis superstitieuse comme une Corse. Lorsque je croise un regard gelé, quelqu'un avec une énergie sale, je me protège en faisant les cornes : le poing fermé, je tends l'index et l'auriculaire ; c'est le même signe que font les vieux chanteurs de rock dans les concerts. Je balaie mon corps avec ça en fermant les yeux : dans le métro, la rue, un magasin. J'ai peut-être l'air d'une folle mais au moins le mauvais œil ne passe pas par moi.

Toute cette affaire de malédiction m'amuse, je me crois dans un épisode des *Contes de la crypte*. On verra bien où cela me mène. En l'occurrence, un rez-de-chaussée au fin fond du 12e arrondissement, dans un fauteuil en cuir noir, devant un type qui parle à un pendule. Ledit pendule tourne en rond ou ne tourne pas. Oui, non. Oui, non. Le verdict tombe : malédiction il y a. Sur plusieurs générations – genre douze. Bonne nouvelle, je suis l'élément résilient de la famille. Le Maître préconise un premier nettoyage avant l'exorcisme, histoire de réparer mon corps astral apparemment troué de partout par des esprits charognards – lesquels, je ne sais pas. Qui m'en veut à ce point, nom de Dieu ? M. place des pierres dans mes paumes, récite des prières en accéléré, passe ses mains dans l'air autour de moi : c'est le nettoyage. Il me parle ensuite de ma grand-mère (corse, Livia) : elle était un grand médium, elle n'en a jamais parlé à personne, sauf à l'idiot du village. Cette phrase déclenchera l'écriture urgente et impérieuse de mon deuxième roman, l'histoire dudit idiot dans ce village en Corse. Je repars de chez le Maître, délestée de 90 euros (somme choisie par le pendule). Une fois chez moi, je me mets à taper des phrases sur le clavier de mon ordinateur telle une possédée.

C'est la nuit. David dort près de moi. Je me réveille d'un coup et la chambre est remplie de petits faisceaux verts allant en tous sens. Je pense que la luminosité du radio-réveil s'accroche à celle lointaine de la ville et ses poussières, que ça crée un spectacle. Mon état est clair et calme jusqu'à ce qu'une tête blanche accompagnée d'une main apparaisse au-dessus de ma gueule. C'est un homme barbu qui se penche sur moi, trois secondes. Pas tout à fait un dessin, cette tête ressemble à de la fumée de cigarette. C'est une image de paix absolue ; je crois n'avoir jamais rien vu d'aussi doux. Même la mer c'est presque rien face à ce visage blanc. Est-ce mon oncle qui vient comme sa sœur à ma rencontre, souffler sa présence au creux de mes yeux. Le lendemain, même heure même endroit, une boule de lumière grossit devant moi. Elle a l'air d'une porte ouverte sur un cosmos, un autre monde. J'ai peur et la boule disparaît. Je me mets doucement à paniquer. Pourquoi ces choses se manifestent, ça sort d'où, je débloque, j'ai des hallus ! Mon cerveau a-t-il fabriqué ces visions, comment, pourquoi – par suggestion ? La phrase de Chloé, je sens que tu as des dons, s'est-elle plantée dans mon inconscient pour y faire germer une croyance. Je n'ai aucune réponse valable. J'imagine la consternation de mes parents (et de certains lecteurs) lisant ces lignes.

Et ce n'est pas fini. On m'invite aux Déchargeurs pour assister à une lecture – un truc chiant sur Guillaume Apollinaire. C'est dans le quartier des Halles, la salle est enterrée, pièce voûtée en pierres apparentes. Pendant toute la représentation je vois des ombres sur les murs. Il y a quelqu'un qui tourne frénétiquement les pages d'un livre, un autre qui traverse la scène. Le point commun entre ces anciennes traces de vie que je perçois comme des empreintes est qu'elles exécutent sempiternellement les mêmes tâches, et qu'elles n'ont pas les bonnes proportions. Soit elles sont trop petites, soit elles sont trop grandes. Toute cette agitation me ravit, je n'écoute rien du spectacle. J'ai hâte de faire flipper Agnès avec mon histoire.

Après ces épiphanies, je retourne chez le Maître pour mon exorcisme : eau bénite jetée à l'aide d'un goupillon, phrases en latin. Je comprime un fou rire et une envie de vomir. Me voilà propre comme un sou neuf, « démaudite », avec 100 euros en moins sur mon compte. J'explique à M. ce que j'ai vu, il propose de me former gratuitement (ça change), je décline. Je n'ai aucune confiance en cet homme, une chose en lui me dérange – je le trouve d'une douceur suintante. Avant de partir, il serre mes poignets et cherche mon pouls. Il me raconte, ses mains agrippées aux miennes, trois de mes vies passées – il est persuadé qu'on se connaît depuis longtemps. Il est mon père dans l'une, mon amant dans l'autre et mon meilleur ami enfin : applaudissements ! Je me casse mal à l'aise et me perds place de la Nation. Je mets vingt minutes à déchiffrer ce rond-point du diable ; je ne suis plus tout à fait moi, ni le monde n'est lui.

Six ans s'écoulent avec la vie. Pour les besoins du livre, je tente une énième fois le Maître. J'ai l'espoir occulte de retrouver des fantômes dans les murs – je n'en ai plus jamais revu. Et, fausse croyance ou pas, j'ai la sensation tenace que sans cette rencontre je n'aurais jamais écrit mon deuxième roman. Je me demande pourquoi je retourne chez un type que je trouve malsain, et un peu con. Parfois la merde attire plus que le soleil.

Le Maître est l'ombre de lui-même – deux ans de Covid usent aussi les exorciseurs. Durant une heure, il raconte n'importe quoi :

Votre père est vacciné, alors il va perdre ses défenses immunitaires, il va avoir des effets secondaires importants à moyen et long terme, des sautes d'humeur sévères, je préconise du zinc et de la vitamine C en surdosage. Jean-Luc a des troubles psychiques, on me dit qu'il est maniaco-dépressif. Il a des TOC, une grande nervosité, des peurs phobiaques (qu'est-ce que ce mot ?). Il a quel âge ?

Il est mort.

Si ce n'était pas si tragique, ce serait hilarant. Le charlatan continue sans vergogne, votre grand-mère, une belle sorcière ! Ce n'est pas une femme facile. Elle est hargneuse. Elle pratiquait la magie noire, c'est costaud, ça va loin, elle participait à des messes avec sacrifices d'animaux (le pendule dit oui). Avec sacrifices d'enfants ou de jeunes filles (le pendule dit non) – ouf ! Vous savez, j'exerce depuis dix-sept ans, j'ai fait près de cinq mille exorcismes et je peux vous dire que toutes les personnes qui pratiquent la magie noire, on leur donnerait le bon Dieu sans confession, me dit-il lorsque j'essaie de défendre ma grand-mère.

Ma grand-mère, je l'appelais Minane. Elle fumait pour mourir plus vite mais ça n'a pas marché. Cinquante Gitanes par jour qu'elle accrochait à ses fume-cigarettes, par dandysme et par habitude. Elle avait commencé la clope penchée sur les tables de dissection de la fac de médecine, à Paris. Un cadavre, ça pue. Elle était ambidextre, hypermnésique, elle écrivait à l'envers, et fut l'une des premières femmes médecins anesthésistes. Elle fabriquait des patchworks, et tout le monde se foutait de sa gueule, elle en faisait des quantités pas croyables. Elle cousait des carrés de tissu dépareillés pour faire tenir ensemble des machins incompatibles – comme les membres de sa famille. Elle jetait ses manteaux d'Arlequin sur tous les canapés et les fauteuils de la maison. Quand elle est née, dans son petit village corse, elle a été tenue pour morte – elle était bleue. Quelqu'un l'a ranimée au bout de dix minutes. Adolescente, les enfants la traitaient de macaroni – on était dans les années 30. Son nom, c'était Muraccioli et elle n'a jamais pu manger de pâtes sans vomir. Elle avait un frère, Jean, qui ne possédait qu'un pied et qui fabriquait des chaussures. Il buvait comme un trou, avait subi une trachéotomie, sa voix était celle d'un robot détraqué. Petite, ça me faisait marrer.

Livia n'était pas belle, elle était culottée. Elle avait la peau fumée, les cheveux pétrole, les yeux noirs d'une fille de la mer. Son cerveau était capable de sauter des haies, courir un 100 mètres, lancer un javelot. Elle me faisait penser à George Sand. Une Sand corse. Avec elle, je parlais de tout – monde, mode, angoisse, beauté, mort. On faisait du shopping ensemble, je lui piquais ses vêtements. Elle était généreuse et chiante, elle racontait toujours les mêmes histoires. Ce n'était pas une mère, ce métier-là ne l'intéressait pas ; c'était une amoureuse. Elle a aimé son mari jusqu'au bout, même après ses enfants morts, même après qu'il la quitta à 65 ans pour vivre avec Yvette, une femme dont elle avait payé les études d'infirmière. Elle l'appelait : la salope. La salope concoctait des plats dignes de grands restaurants, Livia ne savait pas cuire une omelette – à la fin d'une vie, ça fait pencher la balance. Minane ne m'a pas appris à cuisiner mais à rester debout et tenir ma tête haute, quoi qu'il arrive. La fierté, même mal placée, préserve de la chute. Elle répétait tout le temps, la vie c'est marche ou crève. Elle avait choisi de marcher, alors que son fils et sa fille passèrent une corde à leur cou à 28 ans. J'ai tant aimé cette femme, plus moderne que certaines filles de 20 hivers. Et la réserve de force dans laquelle je puise lorsque je me sens tomber, je la lui dois. Je ne l'ai vue pleurer qu'une fois ses enfants, un matin en Corse. Peut-être pleurait-elle sans personne, sans larmes. Je ne sais pas où elle planquait sa dévastation, dans quel recoin de son âme.

Après les drames, elle est restée dans la vie, attachée à elle, viscéralement : elle a continué de marcher. À la retraite, elle a repris ses études, elle a été reçue brillamment à un concours européen de gemmologie – elle regardait à la loupe des tas de pierres. Et puis un jour on est vieux et la solitude vous enlève. Dans la grande maison vide, Minane vivait avec ses clopes et le vieux téléviseur qui crachait de la neige. Les meubles bons à rien et la poussière couchée sur tout ce silence. La fin, c'est la maison qui brûle presque avec elle, comme un bûcher pour une sorcière. Il a raison le Maître, ma grand-mère était une sorcière, elle était un feu ardent.

Je file 70 euros au vantard qui a réalisé près de cinq mille exorcismes en dix-sept ans – ça en fait des maudits !

Je sors du 12e arrondissement avec un besoin de vérité. J'ai la conviction que Jean-Luc et Perrine me demandent de les réparer, de coudre avec un fil invisible les trous creusés autour de leur âme, de rapiécer leurs vies, comme les patchworks de ma grand-mère.

J'appelle mon oncle Dominique. Il est temps de vérifier les dires d'Henri V, de confronter la parole des morts à celle d'un vivant, d'accepter le risque que tout soit faux, ou l'inverse – je ne sais pas ce qui serait le plus réconfortant. Je ne mentionne pas le mot imprononçable à cette heure : inceste.

Je liste. L'émeraude : oui. Ma grand-mère en possédait une. Elle a été perdue dans l'incendie de sa maison, en 2005. Ils l'ont cherchée dans un tas de cendres et de chagrin mais ne l'ont jamais trouvée. Le chien : oui.

Elle s'appelait Lita. L'alcool : oui. Mon grand-père a bu à un moment de sa vie, au moins deux whiskys et une bouteille de vin tous les soirs. Le dessin : oui. Dominique le confirme, Jean-Luc avait un talent incroyable. Je rêverais d'admirer l'une de ses œuvres mais elles n'existent plus. Mon oncle me raconte qu'un matin, après la mort de Jean-Luc, un de ses amis a sonné à sa porte, lui a remis une boîte. Dans la boîte, il y avait ses dessins, des lettres, des photos prises par son frère. Dominique avait l'habitude de se recueillir autour de cette boîte, comme sur une tombe, plusieurs fois par an. Mais un jour la boîte a disparu : son ex-femme l'avait jetée dans une benne à ordures.

Je remarque que tout disparaît, tout brûle. Il n'y a plus rien de mes oncle et tante, seules mes phrases posées sur des fantômes. L'incendie de la maison a terminé le travail : le grand effacement de leur vie. Je mets le doigt dans les images brisées de ma famille. Et j'avance à tâtons vers la figure du patriarche : mon grand-père – Maurice Estève, yeux bleus étroits, grand corps mince, et blond.

Petite, j'aimais qu'il m'aime. J'étais sa préférée mais j'étais la seule fille. Cette famille n'engendre que des garçons, sauf Perrine, sauf moi. Je me rappelle un dimanche, un fou rire. Nous étions à table avec du vin et j'avais raconté une blague (raciste) – je devais avoir 10 ans. À 10 ans, on avait le droit de goûter toutes les bouteilles pour se faire une idée. L'histoire en question, la voici : un Noir passe devant une pharmacie et dit, homéopathie, pauv' Juliette ! Ni plus ni moins du Michel Leeb. Mon grand-père était tombé dans un rire hystérique qui avait duré dix bonnes minutes, si bien que je m'étais inquiétée : pouvait-on en mourir ? Allais-je tuer pépé ? Mon frère regardait la scène, affligé. Il détestait cette baraque qui sentait le tabac autant que l'homme riant à s'en tordre le ventre. Moi j'étais fière : il riait, et c'était un événement. Les autres (sauf mon frère) l'avaient imité dans une chaîne vertueuse. Je n'avais jamais vu mon grand-père dans cet état avant cette histoire d'homéopathie et de Juliette. Il avait tant de rires en attente, étouffés, que ça le défigurait – une grimace mouillée et terrifiante. On ne peut plus rire après avoir vu le corps de sa fille à la morgue, son visage à moitié dévoré par des animaux. Perrine s'est pendue dans un bois près de chez ses parents avec une corde qu'elle avait achetée dans un magasin de bricolage – il a retrouvé la facture, posée sur la table de son studio.

Mon grand-père formait avec ma grand-mère un couple mal assorti. Le grand Breton, la petite Corse. Lorsqu'il lui a demandé sa main, il lui a aussi demandé de rester à la maison et de renoncer à être médecin : elle lui a claqué la porte au nez. Il est revenu deux jours plus tard, la queue entre les jambes – c'est d'accord. Ils se sont mariés le 1er septembre 1945, à Paris. Maurice et Livia, deux enfants de pauvres qui deviendront stars de province, médecins réputés, flambeurs. Il appréciait les Porsche et roulait à deux cent quatre-vingts kilomètres/heure sur l'autoroute – il n'y avait pas de limite. Il claquait du fric au casino, dépensait des sommes indécentes, achetait des œuvres d'art, s'habillait avec des pulls moches et des pantalons râpés.

Mon grand-père m'a aimée enfant, il m'a détestée adulte – je ne l'intéressais plus. Il trouvait mes jeunes passions et mon impolitesse insupportables : j'échappais à son autorité. Je ne le voyais qu'une fois par an, et invariablement il prononçait une phrase qui me faisait pleurer. Il savait où frapper. Lorsque je me mettais à chialer, il souriait – son cœur était un banc de méduses.

Je ne sais pas quand il est mort, la date précise, ni où se trouve son corps aujourd'hui, et je m'en fous. C'est le notaire qui a prévenu notre famille plusieurs mois plus tard. La salope était devenue Yvette Estève dès que Livia s'était éteinte, elle n'avait pas trouvé opportun de nous le dire. C'est elle qui a posté la lettre. Dans cette lettre, Maurice indiquait à mon père qu'il déshéritait ses enfants, lui et Dominique, qu'il ne souhaitait rien laisser. Il en restait deux à effacer de sa vie. *Tabula rasa*. Comment en arrive-t-on à écrire ces phrases – il niait ses enfants mais aussi le fait d'être un père. Que voulait-il oublier de lui-même ? Je pense à la violence intenable de la lettre, qui est du cyanure. Aujourd'hui, j'ai honte pour cet homme et je ne sais comment le cœur de mon père n'a pas explosé.

Maurice était obsédé par le pouvoir, c'était Richard III. Son cerveau était infesté d'intelligence, il s'en servait pour démolir sa famille. Il avait choisi ses martyrs, mon père et Jean-Luc, le premier et le dernier-né de ses fils. Il les rabaissait en permanence. Il fallait éliminer la concurrence – ils étaient aussi brillants que lui. Par contraste, il passait tout à Dominique, ses caprices et ses bulletins scolaires, il l'encourageait. Diviser pour mieux régner. Perrine était sa fée, sa seule fille. Si elle grossissait, il lui faisait comprendre de maigrir. Sa haine envers Jean-Luc était la plus forte. Il l'a haï dès sa naissance. Quand il a su le sexe de l'enfant, il aurait hurlé, incapable de contrôler sa colère : encore un garçon. Qui a peur d'un bébé ?

Devant les autres, quand des amis passaient manger, jouer aux cartes ou boire du vin, Maurice était jovial, agréable, presque drôle. Tous étaient fascinés par cette famille en apparence « parfaite » – on l'enviait, on la citait en exemple.

Livia n'intervenait jamais. Lorsque Maurice s'acharnait sur l'un ou sur l'autre, elle laissait faire – bouche cousue. Elle qui avait le courage de Rocky Balboa, elle devenait un pot de fleurs. Le silence de ma grand-mère. Le silence de mon père. Le silence partout. Et puis, quand les enfants ont grandi, on s'est débarrassé d'eux, littéralement. Les quatre ont été élevés par des gens qui n'étaient pas leurs parents – tante, gouvernantes, amis de la famille, inconnus. Pourquoi ? Comme dans un conte dopé des frères Grimm, on les perdait n'importe où. Dominique me raconte par exemple qu'il a habité avec Jean-Luc chez une vieille dame à Chantilly. Cette dame mettait ses excréments dans des bocaux, elle les exposait dans ses chiottes, y en avait toute une quantité. Jean-Luc et Perrine ont vécu seuls dans un appartement et des conditions infernales, ils avaient 14 et 15 ans. Pourquoi ?

Mon oncle me rapporte une phrase de son petit frère, un jour je me tuerai pour punir papa.

Cette phrase se plante dans ma tête. *Un jour je me tuerai pour punir papa.* Pourquoi un matin on prononce cette phrase. Pourquoi un autre matin on la met à exécution. Pourquoi un frère et une sœur ne peuvent pas mourir l'un sans l'autre ? Ça ressemble à un pacte – un pacte d'enfants. Qu'y avait-il entre vous, mon oncle et ma tante, quel secret ?

Dominique est aussi perdu que moi, il faut que tu viennes me voir, Julie. Trop de choses me dépassent. La culpabilité me hante. Ta démarche est très importante, je sens que ça va m'aider pour le temps qu'il me reste à vivre. Il n'y a pas un jour sans que je ne pense à eux. À ma responsabilité. J'ai des doutes sur la qualité de mon jugement. J'ai du mal à savoir quelle place j'ai eue dans ces tragédies, j'ai besoin de comprendre. Je vais te dire quelque chose qui va te paraître étrange : je crois qu'il y a dans cette famille, une malédiction.

Il n'y a pas de malédiction, il y a la violence transmise avec le silence, comme un relais, de génération en génération. Il y a un homme avec une telle volonté de puissance, avec un tel besoin de revanche, qu'il a anéanti sa famille. Je pense à Pierre, son frère soi-disant fou, interné dans un asile sa vie entière. Quelle était son histoire ? Je me demande quel enfant mon grand-père a été, de quelles saloperies il a hérité pour avoir le cœur cassé – il est mort avec ses secrets, lui aussi. Il est toujours étrange d'imaginer qu'un tyran fut un enfant comme les autres, à chier dans sa couche, innocent du monde.

NON-CROYANT, DIMITRI

(Agnès & Julie)

Et si tout était faux ? Si on délirait ? Nos croyances sont-elles de totales illusions ? Julie à moitié folle avec ses gestes incantatoires pour déjouer le mauvais œil. Moi et mon addiction à la voyance et aux mondes parallèles. Décrochées du réel. On est peut-être juste barrées, prisonnières de nos prières quotidiennes, implorant l'Univers de nous aider à vivre. Peut-être sommes-nous simplement terrorisées par l'existence et l'avenir sombre du monde. Moi qui passe ma vie dans les églises à brûler des cierges. Julie qui va voir toutes les sorcières du coin pour connaître la vérité. Mais quelle vérité. La vérité existe-t-elle seulement. On est romancières – notre goût vertigineux pour l'imagination nous pousse-t-il vers l'aveuglement. Notre cerveau déborde de fictions, il est englouti sous un tas d'histoires ; notre esprit critique a-t-il déserté notre intelligence – on n'a pas envie d'y penser. Pyrrhon d'Élis, le philosophe antique qui doutait de tout en permanence pour atteindre une tranquillité d'âme, se foutrait bien de notre gueule. Nous sommes des intranquilles.

Toutes ces histoires de famille et d'amour creusent nos failles. On va finir à l'asile, poussées dans le dos par nos croyances. Et si cette enquête, c'était du grand n'importe quoi ? Et si, au lieu de nous réparer, elle nous brisait ?

On a rendez-vous à la terrasse crasseuse d'un bar du 10ᵉ, Julie apprécie les rades pourris – dans leur jus. Je sors direct le gel hydroalcoolique de mon sac. Dimitri nous rejoindra bientôt. C'est un ami écrivain qui a quitté Paris pour le sud de la France et une forêt de pins. C'est aussi un mec qui ne croit pas à ce qui ne peut être prouvé, donc à notre démarche, mais ça le fait marrer quand même.

Julie arrive sur son vélo d'enfant, chignon haut, blouson vert. Tout de suite, je remarque qu'un truc cloche, elle n'a pas le temps d'attacher sa bicyclette à une poubelle qu'elle vide son sac, c'est dur là, remuer les souffrances, affronter le passé, je suis mal, de plus en plus mal à mesure que ce livre prend forme, je me suis réveillée avec une impression de vide abyssal, je n'ai aucune preuve de rien, j'ai peur de me tromper, de marcher dans la mauvaise direction, et que tout cela ne soit qu'un trompe-l'œil. Ce que Jean-Luc et Perrine ont vécu, ont subi, je ne le saurai jamais, comment savoir, est-ce qu'on n'est pas en train de perdre nos défenses intellectuelles, je me sens déconnectée de moi et du monde, je suis peut-être en train de vivre une nuit noire de l'âme (petite), tu sais, la crise existentielle et spirituelle décrite par certains mystiques comme Thérèse de Lisieux ou Mère Teresa qui ont douté de leurs croyances pendant un temps – je ne me compare pas à Mère Teresa, hein, mais tu vois le délire.

Je la regarde, je sais pourquoi je l'aime – sa force et sa vulnérabilité. C'est courageux ce que tu fais, cette enquête, ces secrets, ces morts violentes, ton lien avec tes parents, leurs parents. Tu es sur ton chemin. Il y a des signes forts qui viennent à toi, cette Chloé que tu ne connais de nulle part et qui te parle de ta tante au milieu d'une fête. Tu as un devoir de mémoire envers eux. On te demande de réparer, nettoyer, t'aligner avec tes morts et tes vivants. Tu devrais méditer, appeler une lumière en toi, écouter une musique relaxante, faire un soin énergétique, tu la vois quand ta psy, enfin Carole ? Car mon ex est sa psy – il n'y a rien de normal dans cette histoire.

Julie veut savoir si j'ai des doutes moi aussi, mais Dimitri arrive. Grosse barbe, cheveux longs, regard tendre. Il commande un Coca et s'assoit en face de nous. On lui demande en quoi il croit. Il répond sans ciller, je crois au consensus scientifique, c'est chiant et plat mais il y a une règle : c'est à celui qui énonce une théorie de prouver qu'elle est vraie. Si une personne affirme qu'il y a une vie après la mort, qu'elle voit l'avenir, que l'hydroxychloroquine ça marche, ou qu'il existe quelque part une théière volante dans le cosmos, c'est à cette personne de le prouver. Ce n'est pas aux sceptiques de prouver qu'ils se trompent, car il est tout simplement impossible d'affirmer qu'une théière volante de l'espace n'existe pas.

On vient de perdre Agnès, dès le début. Le coup de la théière volante la laisse pantoise. C'est un exemple du scepticisme, un grand classique apparemment, et Dimitri brode en buvant son Coca avec une paille en carton. Pense-t-il alors que les médiums sont de fieffés menteurs ? Il est possible que ces gens-là aient des dons : je ne peux pas balayer cette hypothèse. Mais chaque fois qu'un voyant coche la bonne case, il est formidable, chaque fois qu'il se plante, on oublie qu'il s'est planté. C'est quoi, le don de quelqu'un qui se trompe ? Il existe des techniques utilisées par des mentalistes et des magiciens qui arrivent exactement aux mêmes résultats que les médiums et les voyants, c'est intéressant de le souligner. Certains d'entre eux font un usage de ces méthodes sans le savoir. On peut capter beaucoup de choses dans les mouvements d'un visage, d'un corps, ou même dans une façon de s'habiller.

Je pense à mon chignon banane, à ce que ça raconte de moi, aux lunettes d'Agnès et à son bonnet rose en laine, nos fringues, notre façon de nous tenir, de nous exprimer, d'écouter. Tout le perceptible, tout le visible.

On enchaîne sur le besoin ontologique des hommes de croire. On dirait que leur cerveau a été façonné pour ça, ne serait-ce que pour vivre ensemble. On en vient à cette conclusion, toute croyance ne peut exister que parce qu'on ne sait pas. Dimitri ajoute, c'est une facilité humaine de trouver de l'extraordinaire derrière ce qui ne l'est pas. L'autre jour, un pote me disait qu'il avait vu dans le ciel un phénomène incroyable, une ligne de petits points blancs, il était persuadé d'avoir vu un ovni ! Il ne savait pas qu'Elon Musk envoie régulièrement des satellites dans l'espace et que le soleil se reflète dessus à certaines heures.

Agnès dit qu'elle a vu une théière de l'espace pas plus tard que samedi, que le thé était très bon, menthe-bergamote, et qu'après elle est allée se coucher. Dimitri éclate de rire et fait tomber le Coca sur son jean, putain. Il râle, il a froid aux jambes, peste contre Paris. Il supporte mal cette ville dans laquelle il a habité des années.

On enchaîne sur la seule chose que l'on possède pour se fier à l'invisible : les témoignages. Le très grand nombre de témoignages sur les expériences de mort imminente, par exemple. Dimitri n'est pas d'accord, un témoignage n'est pas une preuve scientifique. Aujourd'hui, il y a des gens suivis par des milliers d'autres qui disent ouvertement qu'ils ont guéri de leur cancer en mangeant des légumes. Il y en a même qui jurent avoir arrêté de manger depuis des années pour « se nourrir » de lumière.

Notre ami essuie son jean avec un chiffon qui sent une odeur typique des bars pourris – un mélange d'eau de Javel, de vieille bière et de poussière. Agnès se couvre le nez comme elle peut. On veut savoir pourquoi Dimitri s'intéresse tant aux croyances. Il raconte qu'en ce moment il y a une montée de l'ésotérisme et des trips New Age. Des centaines de milliers d'internautes suivent des types qui prétendent avoir étudié la physique quantique et qui parlent de cinquième dimension ou d'êtres de lumière, il trouve ça très inquiétant.

C'est vrai, beaucoup de « spécialistes » de l'invisible se réfèrent à la physique quantique, on l'a remarqué.

Dimitri poursuit, la physique quantique est si complexe que certains scientifiques disent qu'ils ne la comprennent pas. Le gros problème, c'est le manque de culture scientifique qui crée un terreau formidable pour les courants sectaires. Je viens de découvrir des gens qui vendent une méthode qui s'appuie sur le tachyon. Le tachyon, c'est une particule dont l'existence n'a jamais été prouvée et qui aurait la particularité de se déplacer plus vite que la lumière. Il y a donc de soi-disant « énergéticiens » qui commercialisent des « séances de rayonnements tachyoniques » pour rebooster l'énergie ou soigner des maladies, c'est complètement délirant. Selon moi, l'appauvrissement de la culture scientifique entraîne ce genre de croyances.

Les yeux d'Agnès ressemblent à des spirales – après la théière, le tachyon ! C'est vrai qu'on est nulles en sciences, Agnès et moi, archi-nulles, on ne va pas mentir. $E = mc^2$ et puis c'est tout (et encore).

Dimitri fait un lien entre croyance et politique, croire aux êtres de lumière ou croire au grand remplacement, c'est pareil. Le grand remplacement est une idée qui vient s'écraser contre la réalité des faits. Tous ceux qui travaillent sur l'immigration prouvent que c'est faux, et pourtant une part de plus en plus importante de la population y croit.

Et la spiritualité dans tout ça ? La spiritualité, c'est comme la mer, un mot qui paraît infini, presque impénétrable. Selon Agnès et moi, il n'est pas question de dieu, de dogmes, mais d'intime, d'une quête de sens, de la conviction qu'il existe d'autres plans, d'autres dimensions qui nous dépassent. Notre ami, lui, n'a pas de raison d'avoir une spiritualité. Il pense que, quand on meurt, on meurt, qu'on est juste de passage, qu'on est des animaux, point. Ça ne l'empêche pas de croire à la beauté, à l'art, de se trouver une place dans l'humanité ou dans l'histoire de sa propre famille.

Il enchaîne, on vit dans un monde où tout fait peur, l'effondrement environnemental, les attentats, les guerres, plus les drames personnels de l'existence, on est tous perdus, on a tous besoin de réconfort. Mais peut-être, au lieu de chercher des dieux, des âmes ou je ne sais quoi, on pourrait trouver du sens dans la préservation de la nature ou une plus juste égalité entre les hommes. Au moins, c'est concret, ça s'appuie sur le réel. Et je trouve que la croyance gagne sur le réel. On vit dans une époque de grave relativisme : pour certains, les croyances et les opinions valent autant, voire plus, que la réalité. Mais j'ai de l'espoir, l'espoir qu'on soit plus intelligents que ce que l'on pense, l'espoir de sauver la seule planète sur laquelle on peut vivre.

Dimitri vit maintenant entre les montagnes, la forêt et la mer, il passe des heures à marcher dans la nature, l'observer, la chérir – une semaine à Paris, c'est trop, les arbres lui manquent. Il nous quitte, son train part dans une heure. Agnès reçoit un mail d'Étienne Klein que nous avons contacté, il nous écrit : « Toutes les forces sont invisibles, elles ne se montrent que par leurs effets » – l'intelligence de cette phrase nous cloue le bec. On évoque Victor Hugo qui a passé des jours et des nuits autour d'une table à faire du spiritisme, exilé sur l'île de Jersey après le coup d'État de Napoléon III. À la fin du XIXe siècle, c'est la mode des tables tournantes, partout dans le monde. Le poète y croit, « Pourquoi nier l'évidence ? Oui, il est naturel que les esprits existent », écrit-il. Sa croyance vient-elle de la douleur d'avoir perdu sa fille, Léopoldine, tragiquement ? Il affirmait être entré en communication avec elle, mais aussi avec Jésus, Molière et d'autres. Sur son rocher de Jersey, il parlait à tout, aux roches, aux plantes, aux animaux, il croyait à l'immortalité de l'âme, à la métempsycose – les vies antérieures. Il a écrit *Le Livre des tables*, dans lequel sont retranscrites toutes ses conversations avec les morts.

On boit une bière, deux. Agnès est bourrée comme d'habitude, elle rit aux éclats, ça entraîne le mien. Elle ne croit pas aux non-croyants. Elle a failli s'endormir pendant le pitch de Dimitri. Pourtant, « le doute est l'école de la vérité » ; je ne sais plus qui a prononcé cette phrase et on pourrait presque s'engueuler – à la place on va manger une pizza. Elle me parle de son père qui à la fin de sa vie enduisait son visage de talc. La face blanche, il ne faisait que prier.

LES YEUX DE SON PÈRE

(Agnès)

Mon père est mort, et je l'ai appris neuf mois plus tard. Mon père et moi, c'est une histoire de ratage. Et d'amour. À ma naissance, il m'a donné un prénom thaï. Athinat signifie littéralement les yeux de son père. Quand ma mère a accouché, il a voulu m'avoir rien que pour lui et sa femme stérile. Résultat : banqueroute, débâcle, absence, coupure, exil. Ma mère est partie. Il est resté à Bangkok, au royaume des tuk-tuk, du roi Rama IX et des mangues.

J'ai compris qu'il n'était plus de ce monde parce qu'il n'a jamais raté un seul de mes appels. On se parlait une fois par an. Les gens ne comprennent pas, je dois toujours m'expliquer. Nous avions nos habitudes, papa, tu m'entends ? Je prends l'avion le 24 décembre pour Bangkok, ne viens pas me chercher à l'aéroport, j'arriverai en taxi, je serai chez toi dans la matinée, tu as compris, papa, tu m'entends ? Il répondait, d'accord ma chérie, à bientôt. Cette année-là, à cause de la pandémie, je n'ai pas pu faire le voyage. J'ai tenté de le joindre le vendredi 18 décembre 2020 pour lui dire mon impossibilité. J'étais sur le vélo que ma mère venait de m'offrir. Je me suis arrêtée net dans une rue privée de soleil, mon pied touchait à peine le sol, j'avais froid. Pour la première fois, il ne répondait pas. À la place de sa voix chaleureuse, une femme métallique racontait dans une langue étrangère que le numéro n'était pas attribué.

J'ai toujours su que sa disparition poserait problème. Personne n'aurait pu me prévenir sauf lui sur son lit de mort. Lors de mon dernier voyage, j'avais pris les coordonnées de sa voisine, Madame Yu. Nous étions debout sous les fleurs de tiaré, le ciel chauffait la peau d'hiver, j'ai noté sur mon téléphone : Voisine Papa Yu. Je savais qu'elle m'aiderait s'il lui arrivait quelque chose. Elle était le seul lien vivant avec mon père. Dans la rue fleurie, calme, bercée de chants d'oiseaux, devant leurs maisons respectives, il était fier de me présenter, c'est ma fille, elle habite à Paris, elle est docteur ès lettres et écrivaine. La vieille dame chic à l'anglais impeccable me regardait avec tendresse. Ils avaient fait les mêmes études de sciences politiques et s'étaient connus sur les bancs de l'université. Ils conversaient comme d'anciens camarades, de la pluie et du beau temps.

Grâce à Madame Yu, j'apprendrais qu'il avait quitté la ville pour se faire soigner dans l'hôpital où sa fille, ma demi-sœur inconnue, était infirmière.

Le jour où j'ai senti qu'il était mort, j'étais avec Julie, métro Bourse. On faisait du shopping comme des connes dans une boutique *second hand*. Elle essayait des chaussures – sa passion –, je n'arrive pas à joindre mon père, je crois qu'il est mort. Julie est ma famille. Notre amitié dure depuis des siècles. Dans des vies antérieures, nous étions liées – c'est ce qu'on nous a dit plusieurs fois. Frère et sœur. Sœur et sœur. Une femme connectée au monde invisible nous a raconté que nous avions été deux moines tibétains. Elle nous a vus en train de prier et d'apprendre, vous étiez deux disciples connaissant le chemin ardu de la discipline mais avec la ride de la connerie sur le front. Deux moines hilares.

Dans la vie présente, on peut s'appeler jusqu'à ce que mort de batterie s'ensuive. Elle m'a vue pleurer un nombre incalculable de fois. Je lui dis souvent, sans toi, je ne pourrai pas vivre. Sa parole guérit. Cent amis lui collent aux basques. Elle écoute. Elle réceptionne la détresse et l'amour. Elle a ses doutes et ses angoisses qui la rongent. Un sentiment d'étouffement l'envahit, un besoin de solitude anormal, parfois elle me fait peur – elle pourrait tout foutre en l'air. Elle se pense sombre mais elle est la lumière. Elle a des idées pas possibles, comme ce jour où nous sommes allées en Twingo sous un rideau de pluie interviewer Catherine Robbe-Grillet, maîtresse sado-maso dans son château normand. Au coin du feu, le rire d'enfant de la dominatrice, les fraises du jardin, et son esclave à la jupe longue. Julie dira à qui veut l'entendre qu'elle n'a jamais eu aussi peur, non pas des pratiques au fouet mais de ma conduite désespérée sur la bande d'arrêt d'urgence (tout du long). Elle a voulu, après cette visite mémorable, me traîner dans cette boîte partouzarde, Cris et chuchotements.

Je la retrouve au rayon chaussures de la boutique. Elle voit ma tête, elle me prend dans ses bras, je suis là, dès que tu as des nouvelles. Je la regarde partir et je rentre chez moi. Je mets des bougies partout, des fleurs, de l'encens, de la sauge, des photos de mon père, je me recueille auprès de mes bouddhas. Des jours et des nuits. Le temps n'existe plus. Je me connecte à l'énergie des morts. Mon appartement ressemble à un sanctuaire. Je prie. Je prie. Je prie. Je demande à mon père de m'aider. Je demande à mes ancêtres, mes anges, mes archanges, et à mon animal totem, un husky magnifique. Retrouver un père disparu en Asie du Sud-Est avec si peu d'informations, c'est chercher une aiguille dans une botte de foin. Je pleure, tu m'auras tout fait, trouver les circonstances de ta mort, bonjour l'enquête. Je traverse mille états, assaillie par mille questions. Papa, si tu étais malade, condamné, pourquoi ne m'as-tu pas prévenue ? J'appelle une amie qui vit à Bangkok. Je lui explique la situation – je n'arrive pas à joindre la voisine de mon père. Elle me propose d'aller voir sur place Madame Yu, qui lui confirmera la nouvelle.

La mort d'un parent, c'est l'enfance qui revient puissamment et disparaît. C'est un chagrin épais. C'est comprendre ce que veut dire survivre à quelqu'un. Survivre à son père et à sa mère. Je n'ai pas d'enfants.

Tout s'arrête avec moi. C'est pour ça que j'écris – m'inscrire quelque part, dire ma part de vérité, ne pas devenir folle. J'évite de joindre une seule personne : ma mère. Je l'informe au bout de trois jours. Le 21 décembre 2020, j'écris à l'ambassade de France à Bangkok.

Bonjour,

J'ai appris que mon père, de nationalité française par mariage, et citoyen thaï, est mort en Thaïlande il y a cinq ou six mois. Je me permets de me tourner vers vous afin d'obtenir un acte de décès. Une voisine à Bangkok m'a informée de la situation et ne connaît pas plus les détails.

Il se nomme Nattawat Wannaphan. Né le 24 mai 1943, fils de Payung (décédé) et de Jamrat (décédée). Il semble qu'il se soit éteint à Bangkok mais plus vraisemblablement à Uthai Thani, son lieu de naissance, où il était parti se faire soigner.

Je suis impuissante depuis Paris. Merci pour votre aide.

Bien cordialement,

Agnès Vannouvong

Un échange de mails s'engage. L'ambassade me présente ses condoléances et m'indique que personne n'a informé le service de l'état civil. On m'explique la procédure afin d'enregistrer le décès. Je réponds que je ne parle et ne lis pas la langue couramment.

> Sa disparition remonte à entre avril et octobre 2020, je me permets d'espérer votre aide, surtout dans les circonstances actuelles qui rendent plus aigu l'éloignement d'une séparation définitive et prématurée avec mon père. Auriez-vous la possibilité de faire appeler l'hôpital d'Uthai Thani ?

L'ambassade me joint au petit matin. Mon téléphone me rappelle la date, mercredi 23 décembre. Je suis au fond de mon lit. Sonnée. L'horloge affiche 7 heures. Noël approche. Cette fête n'a jamais eu de sens dans ma famille non chrétienne. Au bout de la ligne, dans un bureau climatisé au cœur de Silom, une Thaïe s'exprime dans un français parfait. Mes condoléances, madame, comment avez-vous appris le décès de votre père ? Oui, je peux entrer en contact avec sa voisine. Bien sûr, vous n'avez pas le numéro de vos tantes, elles sont âgées et vous les connaissez très peu, je comprends. Sa fille est infirmière à l'hôpital d'Uthai Thani, oui, je note, il est mort là-bas, je vais essayer d'obtenir des informations sur la date et les circonstances de sa mort, je vous rappelle dès que j'en sais plus.

La réponse ne se fait pas attendre. Je reçois un mail deux heures après.

> Suite à notre conversation téléphonique, nous avons la confirmation du décès, le 20 avril 2020. L'hôpital n'a pas souhaité nous donner plus de précisions pour

> des raisons de confidentialité. Un numéro de contact sur place a été transmis, nous vous le communiquons. Nous avons tenté de joindre cette personne, en vain. Nous ne manquerons pas de vous tenir informée dès que nous aurons plus d'informations.

Le silence, partout. Les jours hachés. Les nuits pâles. Je suis seule, absolument seule, face à la mort d'un père. Ce n'est pas normal. Que veut-on me dire là-haut ? Univers, que dois-je comprendre ? Je demande de l'aide à mon masseur San – je sais, c'est incongru –, il parle couramment le thaï. Il appelle le numéro confié par l'ambassade, tombe sur la fille de mon père. Elle lui explique : le cancer fulgurant, les soins, la cérémonie. Elle m'envoie des photos de lui vivant, de lui malade et de lui mort. Il aurait été content – l'enterrement était magnifique, des fleurs, des couronnes, des gens, des discours, des bonzes, de la dignité. J'échange avec une demi-fratrie que je ne connais pas. Une sœur et un frère. Dans le passé, il m'avait parlé d'eux sans développer – l'une de ses habitudes. Le détachement poussé à son comble. Avec sa fille et son fils, nous décidons de nous rencontrer lors de mon prochain voyage.

Papa, je me demande ce que ta femme, Madame Weil, t'a dit à sa mort. Parle-moi. Fais-moi signe. S'il te plaît. J'ai tellement de questions. Lui as-tu promis de continuer à vivre avec elle au royaume des morts ? Papa,

Madame Weil, tu l'as aimée, tu l'as aimée profondément, longtemps. Je me demande comment tu es passé de façon si radicale d'une vie de noceur et de bandit à une vie de croyant. Je suis souvent décontenancée par tes existences si opposées. Ma mère m'a parlé plusieurs fois de ton côté brigand – flic thaï corrompu et flambeur. Mais sous mes yeux, tu étais un homme spirituel qui priait au rythme du soleil.

Tu te levais aux aurores, tu passais une tenue blanche qui ressemble à celle des bonzes – une tunique qui laisse le corps libre, un tissu qui ne craint ni la chaleur ni l'immobilité. Tu mettais du talc sur ton visage et tu priais, tu priais trois heures le matin, trois heures le soir. Dans ta pièce, celle qui jouxte ta chambre là-haut, j'admirais tes bouddhas sublimes, le beau portrait en noir et blanc de Madame Weil, tes livres bouddhistes, des livres en sanskrit, des coussins pour méditer, des bougies fondues, les cendres de tes ancêtres.

Un jour, avec ma compagne de l'époque, je t'ai rendu visite. G. était une femme tout-terrain qui travaillait à La Défense et campait en Afrique – on plaisantait souvent de son côté scout toujours. Elle avait bourlingué partout dans le monde. Mais là, elle ne pouvait pas supporter l'inconfort. Nous avons été réveillées en pleine nuit par d'étranges litanies qui ont duré des heures, un disque de fond, une voix humaine parlant avec l'au-delà. Elle avait accepté de dormir une nuit chez toi dans des conditions plus que spartiates. Le lendemain, on est allées à l'hôtel. Tu ne t'es pas vexé.

Tu étais si détaché de tout que rien ne t'atteignait. Tu avais incorporé les préceptes bouddhistes.

Tes prières n'empêchaient pas ta joie. J'allais et venais dans la capitale. Seule, ou avec toi. Nous visitions des temples, tu les connaissais par cœur. Bangkok est le paradis de la *street food*. Tu m'emmenais manger des soupes, des pâtes thaïes, des beignets dans des endroits improbables. Près du marché des amulettes à deux minutes du Wat Pho, tu m'as fait découvrir un temple doré à l'abri du fracas de la ville où l'on peut acheter des bouddhas. Tu les as fait bénir par un bonze. Il y avait toujours de la fierté dans tes yeux. Papa.

La plupart du temps, je restais deux ou trois jours. Puis je partais explorer les alentours – le Laos, le Vietnam, le Cambodge. Quand le taxi me déposait à l'aéroport vers mes voyages initiatiques, tu disais une phrase au chauffeur. Tu me prenais dans tes bras, tu sentais ma peau – on ne s'embrasse pas en Asie –, au revoir ma chérie, bonne chance. Le taxi filait. À l'aéroport, je mettais une pièce dans la cabine téléphonique pour te dire un mot, une dernière fois. Je pensais à toi, dans ta maison. Tu ne t'en occupais plus. Elle était déglinguée. Elle avait la tête d'un gâteau à la crème avec sa grande façade, son balcon, son jardin pas entretenu. Seules les plantes exotiques survivaient dans ce climat humide. À l'intérieur, les souris passaient. Je poussais des cris d'orfraie, ça te faisait rire. Je dormais sous une moustiquaire sur un matelas à même le sol. À l'étage, je me souviens de la salle de bains : les toilettes, une baignoire. En bas, une pièce infestée de bêtes volantes qui ne piquent pas, une bassine bleue où coulait une eau généreuse. Lorsque Madame Weil vivait encore, la maison était tenue, le jardin luxuriant, la vie fastueuse. À sa mort, la poussière s'est installée. Tu as tout laissé à l'abandon pour te faire pardonner, te racheter une prochaine vie. Tu es devenu ultra pratiquant. Tu es devenu ultra croyant.

Papa, j'aimerais te raconter une histoire – la dernière. Quelques mois avant ta mort, quelque chose d'étrange s'est produit. Je marchais seule dans une rue déserte près de chez moi. La veille, on avait volé mon vélo, un Motobécane dont l'âme faisait corps avec moi. C'était une machine belle et frêle comme un jouet d'enfant. Sa perte me rendait inconsolable. Il faisait nuit, et je cherchais des traces de mon compagnon adoré. J'avançais dans le noir, déterminée à le retrouver. Vers 23 heures, j'ai hélé un jeune homme en trottinette et partagé la photo de l'absent. Le garçon de 20 ans m'a expliqué que les petites frappes du quartier attachaient leurs forfaits en face de la poste. Je l'ai remercié, le cœur plein d'espoir, et me suis élancée. Avant de repartir, je l'ai regardé dans les yeux, je vous remercie, vous savez : ce soir, mon père est mort. La silhouette a disparu, la compassion avec, et je me demande encore pourquoi je me suis comportée comme ça. Papa, je t'avais tué une première fois. Tu es mort le 20 avril 2020. Entre ton décès et mon coup de fil, neuf mois ont passé. Deux cent soixante-quatorze jours où mon corps plongeait dans les eaux grecques tandis que tes cendres filaient sur celles du Mékong.

Je ne parle pas la même langue que mon père. C'est un problème tant nous sommes structurés par notre langage. J'ai été élevée par ma mère qui s'exprime en laotien. Échapper à la langue de mon père, c'était échapper à sa structure. Aujourd'hui, j'écris des livres ; les écrivains sont des traducteurs.

PIERRE LE VOYANT *BIS*

(Julie)

Sans Agnès, je n'aurais jamais écrit de livres. Je n'ai jamais rêvé d'être écrivaine. Je ne l'avais jamais envisagé, pas une seule fois, jusqu'au jour où elle m'a dit : Julie, pourquoi tu n'écris pas un roman ? Elle terminait son premier texte, *Après l'amour*. Je lui ai répondu une phrase à l'envers du romantisme : ah tu crois ? Bon, d'accord. Sans Agnès, je n'aurais pas trouvé ma place : mal assise sur une chaise les deux mains sur le clavier d'un ordinateur devant une page Word. J'aurais erré dans un monde déréglé et je n'aurais pu transcender ni sa beauté, ni sa violence, ni son absurdité. L'écriture a été un salut, elle m'a débarrassée de la peur. Avant, j'avais peur de tout.

Ça a commencé, j'avais 17 ans. Je n'ai pas compris tout de suite. J'ai cru qu'un virus m'attaquait. Je ressentais un écœurement, lancinant. C'était dans mon ventre en permanence : l'envie de vomir. Mon mal empirait semaine après semaine, grappillant sur la vie ma liberté, me laissant sur le bas-côté du monde. Je m'enfermais tout entière à l'intérieur d'une peur imprévue – elle paraissait tomber du ciel. Je ne pouvais plus rester dans une salle de cours – à l'époque j'étais à la fac de droit. Je demandais systématiquement à sortir. Je me foutais dehors sur une chaise, j'attendais en fumant. Seule, j'allais mieux. J'ai maigri beaucoup : je ne mangeais plus. Ingurgiter un aliment, c'était prendre le risque de le dégobiller. Je pesais quarante kilos, mes os saillaient. Dès que j'avalais une pomme, un steak, un quignon de pain, je diluais dans un verre d'eau un médicament pour m'aider à digérer la pomme, le steak, le quignon de pain. Mon pancréas et ma vésicule biliaire n'avaient pourtant aucun problème, ils faisaient très bien leur travail de pancréas et de vésicule biliaire. Je me souviens de ma grand-mère, horrifiée de me voir disparaître sous l'angoisse. Auprès des autres, je sauvais les meubles de l'apparence. Je déconnais, je riais, j'aimais.

La peur pénétrait tout – elle me colonisait. Les crises pouvaient se produire n'importe où, n'importe quand, dans le métro, la rue, une fête, au bar, chez moi. Ma mâchoire commençait à trembler puis à se serrer avec un tel zèle que mes dents se rayaient les unes contre les autres. Mes jambes et mes pieds inventaient une danse morbide – je ne contrôlais plus rien. Mon esprit désertait une guerre mentale illisible, il laissait mon corps à la merci de cette chose qui harcelait mon existence. Ça pouvait durer des heures. Des heures durant lesquelles je croyais mourir chaque seconde. S'il y avait à côté de moi quelqu'un, c'était pire. La honte se tassait sur la peur, et on n'en sortait pas. Pendant longtemps, il m'a été difficile de passer la porte de mon appartement ; aller dans une soirée me terrorisait. Mon lit n'était pas un endroit sûr, je pouvais y trembler la moitié d'une nuit. Je n'avais pas de répit, quand je dormais j'avais peur aussi – je rêvais en noir et blanc d'aventures épouvantables que je me rappelle encore. Malgré cela, j'ai vécu une grande histoire d'amour (la panique chevillée). Des tas d'expériences (la panique chevillée). J'ai obtenu des diplômes.

La peur avait son double : un besoin animal de liberté et de solitude. Le rire m'a sauvée. Mes amis m'ont sauvée. L'écriture m'a sauvée. Aujourd'hui, ça va mieux. J'ai mis du temps à consulter un psy. La première thérapeute était une femme, jeune, que j'ai méprisée tout de suite. Je lui parlais mal, la tutoyais. Dès qu'elle ouvrait la bouche, je déchirais ses phrases en deux. Je les trouvais sans épaisseur – on voyait au travers. Elle s'en est pris plein la gueule, j'ai honte. Elle m'a larguée au bout de quatre mois *ex aequo* avec mon mec, me disant qu'elle ne comprenait rien à ma psyché. Elle m'a donné le numéro d'un vieux monsieur bardé de diplômes ; elle m'envoyait chez Freud. Pendant un an, j'ai rendu visite à cet homme, vingt minutes tous les quinze jours. J'avançais et je reculais, et j'avançais et je reculais. Vous avez de très fortes résistances inconscientes, il faudrait venir trois fois par semaine, m'a-t-il dit. Lorsqu'il m'a demandé de m'allonger sur le divan, j'ai longuement regardé le coussin posé dessus, idiot. C'était un coussin qui avait accueilli un nombre insensé de têtes, de drames, de larmes et d'ego, des têtes en colère, papa maman le monde entier, des têtes souffrantes et qui ne comprenaient pas ce qu'elles foutaient sur cette terre, des têtes moches, des jolies têtes, des têtes avec des pellicules et des problèmes de peau, mais des têtes riches. Qui peut payer 70 euros pour écouter vingt minutes de sa propre parole (j'avais réussi à négocier, Freud prenait 90) ? Je regardais ce coussin, il me dégoûtait. J'en fis part au psychanalyste qui tenta de me rassurer : il était lavé régulièrement. Je finis par me coucher sur les problèmes des autres mais n'ouvris plus la bouche. Allongée, je m'enfermai dans le silence. J'étais une tête vide. Lâche. Une tête apeurée. Une tête perdue. Un mardi d'automne, je quittai ce vieil homme adorable, je ne veux pas vous laisser seule dans la nature, voici le numéro d'une consœur, ne restez pas sans personne. Je ne l'ai pas écouté.

J'ai mis la peur sous le tapis quand j'ai rencontré David, mais tout n'était pas réglé : j'acceptai de prendre mon premier petit déjeuner avec lui au bout de neuf mois – ce qui déclencha une crise sévère de transpiration. Il m'était impossible d'aller au restaurant en tête à tête – il fallait manger au bar et dans la même assiette sinon je ne disais pas un mot, ou pire j'étais prise d'une panique ingérable qui exigeait que je foute le camp. Je ne dormais pas dans ses bras, je m'évadais au fond des nuits. Je me réfugiais chez Sophia, la réveillais et m'écroulais de sommeil dans son lit. Je refusais de partir en vacances une semaine au soleil. La promiscuité, c'était grimper l'Everest ou réparer le moteur d'une voiture ou caresser une mygale. Finalement, je partis quand même et passai six jours à rire et faire l'amour. Comme quoi. David ne tenait pas rigueur de mes évitements ; il m'aimait moi, derrière la peur – sous une moquette tachée, on trouve parfois du parquet (ou des tomettes). Je sais que mon angoisse vient du silence qui vient du secret, et ça a abîmé toutes mes relations amoureuses. Je n'arrivais pas à m'engager, me marier quel enfer, je criais à qui voulait entendre que jamais je ne me reproduirais. J'évitais les liens qui contestaient mon besoin de fuite. Et puis j'ai fait un enfant : doigt d'honneur à la peur.

Je me rappelle une discussion avec ma mère, un midi. Nous étions à table, assises à nos places, parallèles côté cuisine (c'est plus pratique pour servir les plats). Nous discutions de chevaux. Je lui confiai ma peur invariable pour cet animal musclé, noble, imprévisible ; après tout, Perrine était morte d'une chute de cheval, il était logique que je reste à distance. Ma mère me regarda consternée, elle m'engueula presque : tu sais bien qu'elle s'est suicidée !, et elle débarrassa les assiettes.

Et Jean-Luc, il est bien mort dans un accident de voiture ?

Mais non voyons ! Il s'est pendu aussi ! Tu veux un fruit ?

Comment raconter à des enfants deux suicides ? Je ne leur en veux pas. Le mensonge avait pénétré ma tête, il s'était installé dans la tête de mon frère, mais il avait déserté celle de mes parents ; ils avaient oublié ce qu'ils avaient inventé.

J'apprendrai plus tard que Jean-Luc était parti en Corse avec une fille très belle, Margaux, vivre dans la maison du village. Il travaillait sur les marchés pour un certain Coltelloni – légumes, produits locaux, charcuterie. Dans les ruelles pierreuses et le maquis, sous le soleil, je le vois : un mètre quatre-vingt-dix, barbe longue et cheveux noirs, 28 ans et des rêves noyés. Ses rêves noyés au fond de la Méditerranée, dans une faille, à côté d'une anémone aux bras mous, parmi les barracudas. Tous les dessins perdus de mon oncle, et ceux qu'il aurait offerts au monde : dans le bleu et le noir de l'eau.

Un midi, il s'est foutu en l'air dans la maison où était née sa mère, au milieu des montagnes corses et d'un couscous. Il est arrivé chez les cousins avec Margaux. Tout le monde s'est installé autour de la table. On a servi à boire, du rouge ou du rosé. Ils ont discuté comme ils faisaient d'habitude. On a apporté un plat ivre de semoule, de légumes et de viandes. Margaux a dû regarder Jean-Luc comme on regarde la mer – avec un besoin d'horizon. Il a dit qu'il revenait, qu'il avait oublié quelque chose, qu'il en avait pour cinq minutes.

Ils ont bu un autre verre en faisant le tour du ciel et des histoires. Un quart d'heure a passé et, comme le couscous patientait, Margaux s'est un peu inquiétée, qu'est-ce qu'il fait ? Quelqu'un s'est levé, a dit, je vais voir. Ce qu'il a vu, c'est Jean-Luc flottant dans la maison, le cou dans un lasso. Mon oncle s'est tué pendant un repas de famille.

Il n'est pas fou de croire que l'on écrit avec les morts. Avec leur colère, leur empire, leurs cris. Il faut être attentif à la musique des ombres. Je n'ai pas entendu le rire de Jean-Luc, ni regardé l'intérieur de ses yeux, ni vu ses mains dessiner des mains, des bouches, des choses, mais je sais qu'il m'aide et qu'il pousse mes phrases à exister. Il m'accompagne et il attend d'être à jamais écrit dans ce texte. Je sens d'en bas sa tristesse, je voudrais la lui ôter pour toujours. Tu vois, mon oncle, il n'y a plus de malheur. Je le retire de ton âme, il s'arrête ici. Regarde ce que j'en fais : je l'enferme dans une boîte que j'enfouis sous la terre, et le chagrin n'appartient plus qu'à lui-même ; il t'a déserté. Maintenant tu es libre.

Je lis parfois des passages de « Tout ce que le ciel promet » à Carole. Elle s'est attachée à Jean-Luc, à Perrine, à ce que je sauve de leur mémoire. Carole est ma psy depuis un an, c'est aussi l'ex d'Agnès. Les séances se passent au téléphone, elle habite à La Rochelle. Souvent je marche en même temps que je parle, défiant les règles de la psychothérapie. Ses mots me guérissent, ils me reconstituent – j'étais craquelée. Elle applique sur moi une technique ancestrale japonaise, le *kintsugi*, qui consiste à réparer une céramique en soulignant ses lignes de faille avec de la poudre d'or au lieu de chercher à les masquer. Carole trouve toujours les phrases qui me consolent, m'élèvent ou m'ancrent : elle est de mon côté. Elle possède un tas de pierres, de chapelets, et un tambour chamanique. Un soir où je squattais sa chambre d'amis, elle a joué pour apaiser mes peurs – Carole j'me sens pas bien bla-bla-bla. Le temps passé à me plaindre, c'est la trilogie du *Seigneur des Anneaux* : interminable chienlit. À l'époque, je n'étais pas sa patiente. Elle a frappé la peau de son tambour et j'ai fait un voyage intérieur dans les coins secrets de mon esprit. Je me suis retrouvée entourée d'une forêt de pins dense, au centre d'une clairière vert fluo, il y avait un aigle, et une panthère noire qui fendait les herbes hautes. C'était un monde dans lequel la nature retrouvait sa nature, était ce qu'elle devait être : éternellement complexe et explosive. Un Amérindien avec les cheveux longs et des plumes dedans s'est avancé près d'un feu, et tout à coup c'était la nuit. Il était beau, puissant, autoritaire – on baisa dans la terre, lui sur moi. Il hurla, à dix reprises au moins : kiowa ! À la fin du voyage chamanique, je tapai dans Google ce mot que je n'avais jamais entendu de ma vie, voir s'il correspondait à quelque chose. Wikipédia m'apprit que les Kiowas était une nation amérindienne qui vivait dans les plaines de l'ouest du Texas et de l'Oklahoma. Saul est peut-être un des leurs, le fils spirituel de mon chef indien (c'est tout à fait possible).

J'ai un flash ; je veux voir Pierre le voyant – l'enquête piétine. Il est en week-end à Chartres. Pas de problème, je fonce à la gare Montparnasse. Changement de décor abrupt – direction la Beauce, le pays du plat, des châteaux d'eau et des pesticides.

Une heure de train, me voilà dans la vieille ville où l'Eure coule tranquillement. Je visite la cathédrale dans laquelle un roi de France fut sacré. Je traverse un pont, je sonne à une porte. Un homme âgé m'ouvre, il me fait tout de suite penser à un gant de toilette. Il serre ma main, je vous laisse imaginer avec quelle fougue. Je m'assois sur une chaise en bois autour d'une table en fer. Le vieux gueule : Pierre, t'as de la visite ! Le salon est fonctionnel, rien aux murs, pas de bibelots, pas de tapis, une télé dans un coin. Pierre descend, le pas las. Quand j'aperçois son visage, saoulé, j'expose mon plus grand sourire. Il m'offre un café – la couleur penche vers le chameau. C'est tiède.

Il semble épuisé et je m'en veux de le déranger. Mais que fout-il ici, dans cette baraque ? Un cousin ! Tu viens me traquer jusque-là, t'es bien comme ta copine Vannouv. Vous me faites chier toutes les deux avec votre livre, vos questions, moi aussi j'ai une vie, et je suis crevé ! Je te préviens, je te fais un tirage, après tu rentres chez toi et tu m'oublies.

Les mains, les cartes. Pendant trois minutes, le silence ou presque. J'entends des rires depuis la rue, des rires d'enfants. Pierre se met à parler. Tout ce qui sort de sa bouche est un parfait copier/coller des phrases d'Henri V, puis il dit : on dirait qu'ils étaient amoureux, ton oncle et ta tante, amoureux. On me montre un dessin. Un dessin ou une lettre de ton oncle. Il est caché mais il existe. Il est derrière un tableau, derrière un cadre, ou sous un tiroir. C'est au bord de l'eau dans un bordel sans nom, un tas de ferraille et de vieilles choses, des chaussures sales, un vrai capharnaüm. C'est dans le maquis. T'es corse toi ?

Je le remercie de sa générosité. Son désir d'aider les autres est une cathédrale. Le soir même, j'achète un billet d'avion pour Ajaccio. Je décide d'aller fouiller la maison du village. Je me rends bien compte de l'absurdité de ma démarche. Je préfère croire les prédictions de Pierre à Chartres et regarder sous un hypothétique tiroir plutôt que parler à mon père. Mes stratégies d'esquive m'entraînent n'importe où – je fais ce que je peux. Pourtant, une partie de moi conserve la certitude d'un message de Jean-Luc, une lettre, un dessin, qui ouvrirait les portes de la vérité.

Mon oncle, as-tu laissé une trace de ton secret quelque part ?

MAYA

(Agnès)

Une amie me propose de lui rendre visite dans la petite maison où elle passe ses vacances. J'accepte sans hésitation. Amorgos est une île des Cyclades à six heures du Pirée. Pendant la traversée, je pense aux réfugiés au nord des îles grecques, au large de la Turquie. Naviguer sur la Méditerranée, c'est rencontrer les corps de ceux qui n'ont plus de terre. La redistribution tragique du territoire, ou plutôt son refus, condamne les Hommes à un exil éternel.

Maya m'attend à la descente du bateau dans une chemise en voile de coton et une jupe bleue. Elle ressemble à une carte postale grecque. Elle n'a pas changé depuis la fac : taille moyenne, cheveux en pétard, belle. Derrière ses lunettes qui mangent ses yeux, elle a l'air heureuse. On prend un café frappé. Elle m'embarque sur son scooter, la valise cabine calée entre ses cuisses. On glisse entre les montagnes sur la route unique de l'île. Direction la Chora et une petite maison délabrée sur un bout de caillou au milieu de la mer Égée. Des murs de pierre, pas d'électricité, pas d'eau, mais la beauté partout. De là-haut, la mer, un infini où la mort n'existe pas. Au fil du temps, elle a ranimé une ruine. Poutres en bois, murs blanchis à la chaux, bancs de pierre. Le soir, l'ouzo et les nuits réparent les âmes. Le jour, on se baigne dans les criques, on mange du calamar grillé dans les tavernes.

Je suis ici depuis deux semaines et pourtant je dors mal. Maya me dit, tu as l'air crevée ma pauvre, je peux te faire un soin si tu veux, tes énergies sont basses. J'accepte immédiatement. Maya vit à Amorgos d'avril à septembre. Elle s'occupe du jardin des résidences secondaires mais c'est la sorcière de l'île. Elle guérit tout et tout le monde avec ses mains, les gens et les animaux, les arbres et les lieux.

Elle me propose une séance là où elle donne ses consultations. On emprunte les ruelles désertes. On arrive dans une petite cahute, une grotte recouverte de chaux, une pièce en rondeur de quinze mètres carrés. Elle a installé son cabinet sous la protection des dieux grecs. Sur les murs : des reliques dorées, des saints, la Vierge et Jésus. Une table en bois, une chaise, une lampe d'un autre âge. La lumière inonde la pièce. Sa pratique est basée sur un mélange de *reiki* et de kinésiologie. En japonais, *reiki* signifie : force de l'esprit ; plus précisément : énergie de l'esprit. La kinésiologie travaille la mémoire cellulaire au moyen du test musculaire. Le corps garde ses souvenirs, il a une histoire : les traumas sont fixés durablement.

Maintenant, Agnès, je vais créer un cercle de protection autour de nous, faire appel au monde invisible pour m'aider. Ferme les yeux, respire par le ventre, je vais te rééquilibrer pour que tu trouves un apaisement physique, psychique, émotionnel. Sur l'autel, elle allume une bougie et brûle la sauge dans un encensoir en laiton doré. Ses yeux sont fermés, tournés vers une prière intime.

Un oiseau se pose près de la fenêtre. C'est une mésange, je sais qu'elle se déplace en couple. Une figure exemplaire du bonheur et de la fidélité. La pièce baigne dans une paix mystique. Au-delà du perceptible. Me vient en tête la phrase de Levinas dans *Difficile Liberté* : « Le visage de mon prochain est une altérité qui ouvre l'au-delà. » Dans ce monde qui se délite, qui sont les croyants aujourd'hui ? Ceux qui se cachent pour vivre leur vérité ? Ceux qui veulent convertir le monde pour asseoir leur vérité ? Ceux qui révèlent au monde leur vérité ?

Je suis allongée sur la banquette. Maya appose ses mains sur mon corps. De haut en bas. Ton esprit est inquiet, des pensées te désaxent. Là-haut, on me dit : calme-toi, tout ira bien. Ses mains sont au-dessus de mon bassin, elle fait des gestes, des cercles, pose des questions silencieuses, interroge mon corps, que s'est-il passé à l'âge de 7 ans ? On me parle d'agression sexuelle. Je m'effondre. Les souvenirs remontent. Mon demi-frère, le fils aîné de ma mère. Il avait huit ans de plus que moi. Les images se superposent. Ses gestes d'abus, ses mains, ses demandes insistantes de toucher son sexe, sa façon de se frotter à moi. J'étais une petite fille. Ces images. Sales. Ces sensations. Sales. Le dégoût. Je dois parler à Julie. Sa quête. La mienne. Sa quête qui rencontre la mienne. Je raconte à Maya les attouchements. Elle dit, je vais réparer. Elle sort son pendule et me parle de fuite énergétique. Elle imprime son énergie sur mon corps. Au bout de quelques minutes et des années de silence, elle vérifie qu'une paix circule quelque part. Maya me prend dans ses bras, sois plus douce avec toi. Il est des cicatrices invisibles, des violences qui sont des tatouages.

Mon corps a parlé. Il a livré sa mémoire. Mes cellules gardent leur histoire et mon corps tremble. Je n'ai pas disjoncté. Je sais que tout cela s'est passé. Je l'avais caché sous un tas de poussière et de sable. Je voudrais me révolter, protéger la petite fille sans défense, lui dire qu'elle est en sécurité désormais. Je remercie Maya, je dépose 50 euros sur la table. Elle refuse mais j'insiste.

Je sors de la grotte, sonnée. Je ne rentre pas au village. Je vais dans l'autre sens. Mes pas me mènent vers le monastère de la Panagia Chozoviotissa, la plus vieille église de Grèce dédiée à la Vierge Marie. C'est une immense bâtisse blanche collée à une colline escarpée. Trois mètres en direction du ciel. De petites fenêtres laissent passer la lumière pour libérer les ombres. Il n'y a personne. Que la force. Que ma souffrance de petite fille. Mon demi-frère était censé me protéger.

A-t-il fait ça à ses deux sœurs aussi ? Le silence me jette dans la tombe. J'associe à cette agression mes crises amoureuses, ma difficulté d'aimer, mon rapport conflictuel à l'intimité, et puis cette sensation insupportable d'être envahie. J'aimerais être avec Julie entre ces murs millénaires. Tout semble lisible, si noir et si lumineux. Pourquoi nos vies, nos expériences sont-elles liées avec Julie ? Si j'ai été agressée, l'a-t-elle été aussi ? Si je me souviens de tout, pourquoi sa mémoire a-t-elle été effacée ? Comment se fait-il qu'elle n'ait aucun souvenir de son enfance ? Les questions se bousculent. Peut-être aussi que ces schémas ne lui appartiennent pas, qu'ils relèvent du transgénérationnel. Une force magnétique me retient dans la nef. L'intérieur de l'église est sublime, le volume, les saints dessinés sur un mur d'or, le plafond couvert de luminaires et d'encensoirs argentés. J'allume une bougie. Tout se remet en place. 7 ans. Comment Maya pouvait-elle savoir ? Je n'ai pas eu le courage ni la force de parler. Sauf à Julie, Carole et mes parents – il y a deux ans.

Je descends vers le village. Trois appels en absence. Julie. Où es-tu ? Je sens qu'il se passe un truc. C'est rare que je ne la rappelle pas. J'ai envie d'être dans mon silence. Je pense à Carole, mon ancienne compagne qui est psy. Pendant des années, elle m'a accompagnée dans le retour à la conscience des traumas, soutenue sans limites pour parler à ma mère. J'ai envisagé de déposer plainte mais les faits étaient prescrits. J'ai demandé une « médiation familiale » entre mon demi-frère – le deuxième mot étant inapproprié tant je le considère comme un étranger – et moi. Il a informé nos parents de mon accusation. Il a dû avoir peur ; je l'imagine ne plus dormir, au pied du mur. Au lieu d'avouer à notre mère son geste criminel, il m'a traitée d'affabulatrice. La meilleure des attaques : mentir, se victimiser. Pourtant, des années en arrière, il avait reconnu les faits – nous en avions discuté deux fois au téléphone. La médiation n'a pas eu lieu. Les mots épars ont créé une scission dans cette famille.

Mes parents ont crevé l'abcès. C'était dans la voiture, on a roulé. Prise au dépourvu, je me suis expliquée. Calmement. Nous nous sommes arrêtés dans une sorte de centre commercial. Les gens s'agitaient, consommaient, respiraient. Ma mère m'a soutenue, je te crois, ma fille – j'étais soulagée. Mon beau-père si discret est sorti de sa réserve, avec ton caractère fort, on ne comprend pas ton silence. On aurait pu agir, l'éloigner. Pourquoi tu n'as rien dit ? Parce que j'étais une enfant qui avait confiance en son aîné, censé la protéger. Parce qu'il m'a dit que les frères et sœurs faisaient ce genre de choses. Parce qu'il ne m'a jamais forcée mais manipulée. Parce que je me sentais coupée de moi-même. Comme à côté. J'avais honte.

J'ai deux demi-sœurs. L'une m'a appelée, folle, tu racontes n'importe quoi, tu ne nous as jamais aimés, moi je ne te crois pas. Quant à l'autre, je pense que son frère a dû avoir les mêmes gestes sur elle. Elle est dans son monde, à la fois hermétique et colonisée par les autres. Ma fratrie m'a exclue, tu n'as pas le même père que nous, t'es toujours dans les jupons de maman, grandis un peu. La jalousie de cette fratrie. Adulte, je connaîtrai le sens du mot *fraternité* – avec mes amis, ma famille choisie. Un demi-frère. Deux demi-sœurs. Une moitié. Rien de solide. Pourquoi les liens du sang nous obligeraient-ils à être attachés ? Nous n'avons rien en commun, à part notre mère. J'aurais aimé les aimer mais je ne ressens rien, sinon une étrangeté. J'aimerais non pas effacer mais atténuer ce sentiment d'indifférence, et dire que leurs enfants ont su enlever une pellicule de malaise déposée avec les années. J'ai une nièce qui a choisi de faire des études littéraires. Parfois elle m'appelle et m'écrit, elle achète mes livres, m'envoie des photos. Ses messages me touchent. Ma mère me dit fièrement qu'elle aimerait enseigner, comme moi.

Que faire sinon écrire pour réparer ? Nous ne sommes plus seuls, nous formons une armée de courage, nous avons tourné la page des violences, nous avons pardonné, nous ne serons pas violentes à notre tour. Je me demande combien d'enfants ont subi des abus dans notre société. Qui sont-ils ? Que fait-on des traumatismes ? Comment s'infiltrent-ils dans notre inconscient, nos actes, nos nuits, nos vies ? Quel type d'adultes deviennent ces enfants ? Ce qu'il s'est passé a agi sur ma construction. Je pense au terme anglais *agentivity* qui renvoie au *pouvoir agir* – plus précisément à la capacité des individus à être actifs de leur propre vie. Longtemps j'ai été agie et agitée par un tas d'émotions, comme un paquebot qui menace de couler. Dire que cet événement a eu un impact sur ma façon d'aimer est une tautologie. Il a conditionné ma relation à l'autre. Mon rapport à l'intimité s'est édifié sur un socle vulnérable, il porte le nom de défiance. Tout a été si difficile. La crainte d'être trompée. Celle de l'abandon.

Je pense à ma mère. Je mesure combien les choses ont dû être difficiles pour elle. Plusieurs fois dans sa vie, le ciel est tombé. Je suis sortie du placard à 25 ans, elle a eu du mal à encaisser la nouvelle. Après l'annonce, elle a pris des antidépresseurs. Mes parents font comme si. Ma mère se comporte comme si je n'étais pas lesbienne, comme si j'allais changer, comme si j'étais célibataire. Elle est dans le déni magnifique de ma vie.

Longtemps j'ai idéalisé ma mère. Je la voyais comme une héroïne qui avait vécu la guerre, et l'exil. J'admirais cette femme qui a réinventé sa vie. Dans son chaos, elle n'a jamais rien craint – sauf le regard des voisins. Elle est attachée aux normes, aux conventions, aux apparences. Ma mère est laotienne. À fond dans les traditions et les valeurs patriarcales, alors qu'elle s'est affranchie de tant de chaînes. Le Laos est une société matrilinéaire, ce sont les femmes qui décident. Parfois sa logique m'échappe. Pourquoi cette femme si forte qui s'est battue pour sa liberté n'arrive-t-elle pas à accepter mon existence ? À l'inverse de mon père thaï – qui a toujours rencontré mes compagnes –, ma mère a un problème de la taille d'un continent avec l'homosexualité de sa fille. Je me souviens de ses paroles gravées sur ma peau : une femme est destinée à un homme, deux femmes ensemble, ce n'est pas naturel.

Une fois seulement, ma mère a accepté ma copine de l'époque – il y a une dizaine d'années. On avait un projet de famille et d'enfant, on venait d'emménager. Je lui ai envoyé une lettre pour lui dire que nous ne nous reverrions plus si elle ne faisait pas un pas vers moi. Quelques jours après, elle était dans le train, quelques heures après, elle était dans mon appartement dans le 11e arrondissement, le lendemain midi, dans ce restaurant chic où nous l'avions invitée, quelques mois après, elle me consolait quand mon histoire se terminait. Le temps a passé, et elle s'est à nouveau méfiée de mes partenaires.

Refuser la vie de son enfant, c'est l'anéantir. Le précipiter vers l'abîme. L'abîmer. La parole d'une mère a ce pouvoir de programmer et de déprogrammer un inconscient. Les mots de ma mère ont agi lentement. Chaque syllabe, chaque virgule, chaque hésitation a infusé comme un poison délicat. Ses silences disaient que je ne serais jamais heureuse. Elle rêvait d'un gendre, un foyer, de petits-enfants. Longtemps elle m'a encouragée à acheter une maison près de la leur. Nous avons même visité des biens ensemble, ma fille, toute seule, tu n'as pas besoin d'un endroit très grand ! Quand Julie m'appelle et que je suis là-bas, elle dit que je prends ma voix de bureau. On se marre : cette intonation, c'est n'importe quoi. Je n'en veux pas à ma mère. Chacun fait comme il peut, je l'aime. Elle m'a toujours encouragée dans ma vie professionnelle en laissant au fond des ombres, le reste. Cette absence d'intérêt – qui annule le rapport à l'altérité – a griffé mon rapport au bonheur. Après la séance avec Maya, je me sens presque libérée.

Allô ma biche ? Allez, viens à cet anniversaire, ça te fera du bien. Tu n'es pas sortie depuis deux jours, depuis ton soin, tu ne vas pas rester dans ta grotte ! Anna Kache est une amie de Maya. C'est une artiste plasticienne, drôle et foldingue. Vivante, persuasive, remuante. Elle coud des messages d'amour en laine filée sur des photos et peint des aquarelles dont elle est l'héroïne. L'amour est notre sujet de discussion favori. Je me demande s'il n'occupe pas une place excessive dans nos vies – l'intensité.

La mer apparaît entre deux collines et les champs d'oliviers. Anna Kache nous accueille avec son sac léopard, sa cigarette. J'ai arrêté de fumer depuis très longtemps mais on me tend une énorme clope de CBD. Il paraît que ça détend, alors j'essaie. C'est dans un nuage sans THC que je vois débarquer Lisa. On se dit bonjour. On échange quelques mots. Elle me dit qu'Anna lui a longuement parlé de moi. Elle sait que je suis écrivaine, que j'aime les femmes, j'apprends qu'elle est mariée et qu'elle a trois enfants.

22 heures. Le vent se calme, la mer est un lac. Je suis assise en face de Lisa. Elle porte un bracelet rouge, strié, avec des motifs qui répondent à la description de la voyante du covoiturage. Je vois la blondeur, les yeux verts, le sourire : je ne vois qu'elle. À ce moment-là, j'ignore encore que c'est le début du paradis et de l'enfer.

INGRID – MARIE

(Julie)

Avant de partir en Corse, je rencontre Ingrid pendant deux heures près de la rue de la Roquette, dans une pièce blanche sous un toit de verre. Il fait chaud malgré l'automne qui rend la ville jaune. Les feuilles tombent des arbres, Paris est un soleil à terre. On se tutoie tout de suite. Ingrid n'a pas de visions, elle n'entend pas de voix : elle a des certitudes, à trois mille pour cent. Depuis ses 4 ans elle marche en équilibre, un pied dans notre monde, un pied dans ce que l'on n'arrive pas à penser, l'invisible. Elle me raconte son enfance maltraitée, le besoin vital de se dissocier de la violence. Petite, les gens venaient la voir comme on consulte un oracle, elle donnait les bonnes réponses, dénouait les conflits ; elle savait. Je remarque que ceux qui portent une blessure ont un lien puissant avec l'inexpliqué. Leur sensibilité extrême fait souvent jaillir de leur âme l'esprit fraternel. Je pense à cette phrase d'Alain : « La fraternité, c'est difficile de près. » Il y a au cœur de ce mot un sens qui veut s'échapper toujours, une fuite d'air, une quête existentielle, spirituelle et éprouvante. Qui pourrait définir la fraternité de manière définitive ? Il faudrait des tas de phrases, des choix stylistiques, tout un langage pour en faire le tour, et sans ce mot l'humanité perdrait son essence. Ingrid parle de moi, de ma famille. Tu arrives avec un gros dossier, toi ! Elle répète la même chose que les autres, exactement la même chose. Ils étaient amoureux ? Ton oncle et ta tante ? Elle précise que Jean-Luc s'est pendu un an avant Perrine sans que je lui dise rien, qu'il y a une boîte ou une lettre ou un dessin caché quelque part, qu'il faut que je regarde non pas dans mais sous un tiroir.

Pour une fois, je rentre en marchant. Je croise une fille en larmes, elle porte des bottines jaunes comme les miennes. Je lui demande si elle a besoin d'aide. Elle s'effondre sur mon épaule, elle pleut des litres de sel. Ma veste se trempe de son chagrin d'amour. On vient de lui arracher le cœur, le ventre, elle n'a plus de peau. Je chuchote à son oreille des phrases qui n'ont aucun sens à cette heure, que ce garçon s'en ira de son âme, un matin ou un soir, puisque tout passe, même l'amour. C'est une douleur qui ne ressemble à aucune autre, faire le deuil de quelqu'un de vivant. De tellement vivant qu'il continue sa vie sans vous. Il rit, il parle, il mange, il boit, il baise et s'endort dans des cheveux qui ne sont pas les vôtres. Il pensait à vos yeux, maintenant d'autres yeux habitent ses nuits, pire : ses matins. La fille se redresse, son visage face au mien ; elle est incroyablement belle.

Le ciel est une plaque bleue, je retrouve Agnès rue Oberkampf, à équidistance de nos appartements. C'est là qu'on se rencardait pendant le confinement, six fois par jour. Dans nos poches, un stylo à encre effaçable, on changeait les heures toutes les heures. J'évoque le tiroir, je dois regarder sous un tiroir, peut-être qu'il y a une preuve, un dessin, une trace laissée par Jean-Luc. Elle hallucine, elle revient de chez une amie sorcière qui avait un message pour moi. Elle a insisté, plusieurs fois. C'est très important, il faut que Julie regarde sous un tiroir. Trois personnes qui ne se connaissent pas me parle d'un tiroir. Un tiroir. Bon.

Si je trouve quelque chose planqué sous un tiroir, ma vie pourra changer – je n'aurai plus jamais peur de rien. Je n'aurai qu'à vivre dans une joie idiote, insolente et enfantine, regarder la beauté simplement, les hommes, la nature, les animaux, tout ce qu'il y a de vivant ou de mort, un pigeon écrasé, une colombe immaculée, regarder jusqu'aux cailloux, leurs formes sculptées par le frottement du temps, m'extasier devant les fleurs, les étoiles, les montagnes, les rivières et les mers, une limace, un frelon, un cadavre de rat, tout m'apparaîtra comme le début et la fin du monde, chaque jour, chaque seconde, plus que de l'émerveillement, ce sera la résignation heureuse d'appartenir à cette terre, de faire partie d'un ensemble, comme le caillou, le frelon, comme l'alcoolique au comptoir, comme le clochard dans la rue, comme le milliardaire où il veut, comme le Soleil, les galaxies, et je marcherai sur un chemin d'amour et de gratitude, il y aura un sens à ma naissance, à toutes les naissances depuis le commencement de la vie, il y aura un sens pour ceux qui sont mort-nés, ceux qui ont souffert, ceux qui ont été épargnés, et puis après : autre chose autre part, vingt et un grammes et l'immensité.

Tout se termine, tout, sauf cet Univers qui n'en finit pas de gonfler et de s'expandre, de plus en plus loin, de plus en plus froid. Que restera-t-il du cosmos quand il aura chu à son tour – de quoi le vide sera fait ? Nos âmes viennent-elles du noir infini ? Lorsque je suis dans un avion, je pense toujours à ce qui nous dépasse, je me sens reliée à une paix métaphysique. Y a-t-il quelqu'un dans l'Univers pour rire de notre besoin de chaos ? L'hôtesse de l'air ressemble à Bruce Willis, en blonde – elle me sourit. Le Boeing 737 d'EasyJet m'entraîne vers mon enfance et une quête impossible de vérité. J'apporte en Corse un petit sac, un paquet de M&M's et toute mon espérance.

L'avion se pose sur le tarmac, je suis impatiente de respirer l'odeur d'Ajaccio. Les villes ont leurs parfums. Celui-là ne change pas, il mélange l'immortelle avec les pins, la pierre, et les montagnes. Mes yeux, sentant, infusent.

Christine, mon amie d'enfance, se tient devant son pick-up. On s'est rencontrées elle avait 7 ans, moi 10. C'était un après-midi sur la plage, route des Sanguinaires, et on s'est détestées tout de suite – cette haine fondée sur rien dura une semaine avant de se transformer en son exact contraire. Je pourrais écrire un livre sur sa vie, sur sa force résiliente, mais elle le fera elle-même. Cheveux courts, frange, même coupe que Natalie Portman dans *Léon*, même espièglerie, même amour. Elle travaille la lumière dans les théâtres, elle fabrique des films animés, elle mange du raisin, elle raconte bien les histoires, elle habite avec Yann – ces deux-là vont s'aimer au-delà de la mort.

Je me réveille à midi, je pose mes fesses sur une chaise sous la vigne : le bal des chats. L'un se frotte à ma jambe, réclame une main ; un autre boite, la langue en coin et la queue raide. Chris veut l'emmener chez le vétérinaire, ce n'est pas une mauvaise idée. Le chien des voisins vient foutre la merde. Restent les guêpes, j'allume une cigarette. J'ai repris la fumée il y a quelques jours après un effondrement en règle à l'Ave Maria – c'est un bar. Devant mes amis, j'ai chialé comme rarement, une chasse d'eau. Pendant une heure, j'aurais préféré la mort à la vie. Lorsque ce mot me pénètre, le mot marécage, il m'entraîne dans une dévastation. La dévastation est un endroit où il n'y a rien, dans lequel même la solitude ne vous tient pas compagnie. C'est un trou noir. C'est un désert cramé. Depuis que j'ai commencé ce livre, je tombe. J'ai l'impression qu'il me recouvre. Je me demande dans quel état je vais le finir – sous antidépresseur, les cheveux sales, en jogging.

Je marche dans Ajaccio et c'est comme si j'étais chez moi partout. Je ne m'attache pas aux lieux, sauf à cette ville. Si elle avait des bras, elle me consolerait. Les rues pétées de soleil, l'air, l'eau, les Corses me rendent mes sourires. J'achète du tabac, je m'assois chez Gérard, je fume des heures face à la mer : tout est un paysage, même ce que les gens disent. Il existe dans cette île un art de raconter la vie comme nulle part ailleurs. Les Corses cultivent le verbe, une dignité et une drôlerie, ils sont les personnages de leur existence – c'est un sport national. Je commande une bière, le ciel devient rose et l'eau bleue grise. Demain le village, un tiroir, un dessin – et je n'aurai plus jamais peur.

Pour l'occasion, Chris porte des bottes à talons, une robe en cuir courte. Elle est aussi impatiente que moi. J'enfile mes baskets et un vieux jean. Nous passons prendre Marie. Elle a 53 ans, le corps d'une danseuse, des yeux de bonbecs – irrésistibles. Elle donne des cours de sport et, parfois, elle fait monter des âmes on ne sait où. Elle n'a rien cherché, c'est venu à elle quand elle a retrouvé la mémoire après une amnésie de quatre décennies : un voisin l'a violée, elle avait 7 ans. Toujours la blessure, le traumatisme, une cassure qui ouvrent les fenêtres de l'imperceptible. Elle nous explique qu'un soir elle dormait dans une chambre d'hôtel au pied de l'océan et elle a été réveillée par des centaines d'ombres égarées : en file indienne, elles attendaient leur tour comme au supermarché. Et Marie les a escortées vers l'autre rive. Le lendemain, elle apprenait qu'un paquebot avait sombré en mer dix ans plus tôt, emportant dans les profondeurs un tas de vies. Je me demande si Jean-Luc flotte encore dans la maison du village.

La route est bordée de montagnes autoritaires ; elles découpent le paysage à la serpe. La nature pousse le regard plus loin que la beauté, vers l'idée de Dieu. Chris gare son pick-up. Je vais chercher la clé chez mes cousins. Elle est immense, lourde, saugrenue : on dirait la clé d'un conte. Je reconnais la maison où est née ma grand-mère et où son fils est mort, soixante-six ans plus tard, le 23 mai 1982. C'est un rectangle ancien aux volets bleus fait de grosses pierres. Elle donne sur le vert pétant des montagnes, c'est un spectacle. Elle n'a pas été habitée depuis que mon oncle s'est pendu à une poutre – sauf par mes parents qui ont passé là quelques nuits d'été. En Corse, on ne vend pas les maisons de famille ; on les garde puis on les lègue. Avant de pénétrer à l'intérieur, nous formons toutes les trois un cercle au soleil. Nous énonçons une intention pour les morts.

J'ouvre la porte en bois, mon cœur est un métro souterrain. Les murs sont épais, il fait presque froid, c'est comme la nuit. Je me dirige avec la lampe de mon téléphone vers les fenêtres que j'entrouvre, la lumière entre, on respire mieux. Marie brûle du charbon, Christine de la sauge, j'allume des bougies. On parle peu, excepté aux âmes ; on répète des phrases notées par Marie dans son carnet. Elle sent une présence qui lui serre la gorge. Christine et moi commençons la fouille des meubles restés dans leur jus, tout y passe, en priorité les tiroirs : mais rien. On monte à l'étage par un escalier escarpé, direction la poutre, l'endroit où mon oncle a décidé de ne plus souffrir. Le lit est couvert d'une bâche noire sur laquelle traînent des crottes de souris. Dans cette chambre exiguë, j'étouffe. J'ouvre les fenêtres minuscules – araignées. J'imagine la corde, le cou, le corps de mon oncle. Je crois à la mémoire des murs. Peut-être ceux-là ont avalé son chagrin qui s'est fixé dans la pierre, comme un fossile. Marie crame de la sauge par bouquets. Elle ne sent plus de pression au centre de sa gorge, l'air a l'air plus léger.

Un placard – araignées mortes. Sous un tas, cachée, une boîte en bois avec deux clés qui n'ouvrent rien. Une inscription est gravée sur le haut du coffre, au compas, c'est une rosace striée de sphères créant un labyrinthe circulaire. À plusieurs endroits, des traces de brûlure ont noirci le bois. Qui a gravé ça, quand et pourquoi ? Je cherche sur Internet une image qui pourrait correspondre à ce que je vois. Je la trouve – c'est une forme apotropaïque, un dessin destiné à conjurer le mauvais sort, détourner les influences maléfiques. Nous sommes en Corse, dans un village, il n'est pas illogique de tomber sur ce type de protection. Ma grand-mère était superstitieuse, elle offrait à tous les nouveau-nés une chaîne au bout de laquelle pendait une corne de corail – une amulette. Le corail aurait le pouvoir de repousser l'*ochju*, l'œil ; il est associé au sang de la gorgone décapitée, et permet d'éloigner le mal. Cette croyance dans le mauvais œil existe depuis la nuit des temps partout dans le monde. Elle est instinctive, presque phylogénétique.

Christine et moi soulevons un miroir qui pèse un siècle avec l'espoir de découvrir une confession accrochée à son dos, mais rien, il n'y a rien. Je me regarde dans la glace pleine de taches, mes yeux supplient l'Univers de me donner un signe. Les marques noires sur le tain forment un visage avec un regard vide, avec une bouche ouverte, hurlante. L'image que je perçois près de mon reflet est un film d'horreur. Je pense aux *mazzeri*, les chamans corses, messagers annonciateurs de mort. Dans leurs rêves, ils chassent et tuent un sanglier, et quand ils retournent la bête le visage d'une personne qui mourra dans l'année apparaît. En 1982, un sorcier des montagnes t'a-t-il vu en rêve, mon oncle ?

On s'attaque au grenier. Un rat blanc, claqué depuis des ans, nous accueille, et puis c'est tout. Bredouilles, on décide d'inspecter la baraque attenante. Elle appartient à la famille. Mon frère et moi en avions peur enfants, elle nous faisait l'effet d'une cabane maudite. Une croix est sculptée sur la porte, le tout ressemble à une tombe. En Corse, les tombeaux funéraires s'érigeant dans les cimetières et un peu partout dans le paysage, face à la mer, au milieu du maquis, s'apparentent à des villas miniatures. Ce sont des chapelles privées qui rendent le sol inaliénable : on ne vend pas les morts. Christine arrive à ouvrir la « tombe » en passant sa main à l'intérieur d'une lucarne.

Dedans c'est l'apocalypse. Je me rappelle ce que m'a dit Pierre : le bordel, les chaussures, la ferraille ; l'espoir renaît. Le plancher est constellé de trous. Les poutres partent en lambeaux. Le toit est une passoire. Des seaux brisés, des casseroles et des cuillères tordues jonchent le sol. On n'a pas de gants, on respire du poison. La poussière est un amas putréfié par le temps. Christine marche avec ses talons hauts et sa robe courte dans cette merde dangereuse. Elle retourne les lieux comme si c'était sa quête, ça me bouleverse. J'ai peur qu'elle disparaisse dans un des vides mais c'est une fille qui sait fouiller. Je la suis sur la pointe des pieds. Je me vois gisant dans le tréfonds du bouge, engloutie par lui. Un papillon de nuit sort d'une hibernation antédiluvienne, et s'envole. On hurle : il était velu. Je trouve les fameuses chaussures, remplies de fientes d'oiseaux, et un miroir, désagrégé. Collé à lui, un christ et une vierge sous verre. Christine décroche le seul tableau du mur.

Elle crie, y a un chapelet, je le prends ! Je regarde ce « bijou » ancien. Combien de prières a-t-il accueillies ? Qui lui parlait ? Qui espérait ? La croyance des Hommes se résume-t-elle à cette supplication continue : comment traverser nos souffrances ? Lorsque j'invoque l'Univers, je demande toujours de l'aide. Aidez-moi à faire ceci. Aidez-moi à comprendre cela. Aidez-moi à trouver ceci. Aidez-moi à obtenir cela. Je n'ai jamais « prié » pour la paix dans le monde, seulement pour ma gueule. Marie nettoie le chapelet à la sauge. Je n'ai pas l'intention de rapporter dans mes bagages des larmes qui ne m'appartiennent pas, j'ai assez des miennes.

Nous décidons de quitter les lieux, quand j'aperçois dans un coin du capharnaüm une table dégueulasse, retournée sur une autre. Cette table possède un tiroir. Avec Christine, on fend la jungle de poussière, de trous, d'animaux hostiles. Le tiroir coince. Mon amie d'enfance a des muscles, pas moi. Elle tire. Le tiroir bouge un peu, on remarque des feuilles blanches dessous. Nos cœurs : moteurs de Formule 1. Elle arrache le caisson qui valdingue dans le chaos. Je ramasse les papiers. Au bout de mes doigts je tiens peut-être la preuve de l'existence d'un autre monde. Je tiens la fin du silence. Je tiens la fin de la peur. Tous m'ont dit que je trouverais un dessin ou une lettre. Tous. J'ouvre le papier : c'est un plan de Madrid. J'éclate de rire. Un plan de Madrid !

On referme la « tombe » sur ma déception. Elle est proportionnelle à la force de mon évitement. Je croyais trouver quoi, sérieusement. Des mots gravés noir sur blanc. Bonjour, je me tue parce que mon père, et cetera – je m'en veux. La vérité n'existe pas, et je n'allais pas la débusquer sous un tas d'ordures, c'est grotesque. Pourtant j'ai imaginé un paysage, un visage, des phrases écrites de ta main, mon oncle.

Je ne comprendrai jamais ta souffrance ni pourquoi tu as choisi de te défaire de la vie – ce jour-là précisément. Je ne connaîtrai ni les mots ni les souvenirs qui ont pénétré ton cœur pour le faire taire. Je ne saurai jamais. Tu voulais simplement mourir pour naître enfin. Tu n'as rien laissé de toi sauf un corps qui se balance et des questions perpétuelles. Les suicidés ne meurent pas, ils laissent les vivants à l'intérieur de leur pourquoi.

Avant de nous en aller, nous marchons vers le cimetière. Dans cette île sublime, toujours les morts ont la meilleure vue sur la vie. Celui de mon village donne sur les montagnes et rien d'autre, il a cette particularité d'être à pic. Les tombes se dressent verticales et les défunts dorment debout. Nous ressemblons toutes les trois à Michael Jackson dans son clip, *Smooth Criminal*, les pieds tordus, le corps penché sur des dates de naissance et des dates de fin. 19 janvier 1954 – 23 mai 1982. Mon oncle, je caresse la pierre froide comme si c'était ta joue. Je t'imagine traversé de paix, éprouvant l'amour, lié à ta sœur – vos âmes retrouvées.

Nous repartons épuisées. On s'arrête dans une épicerie acheter quatre saucissons corses – il est des charcuteries qui réconfortent. Je remercie Marie et Christine de m'avoir accompagnée, on se serre dans nos bras. Je redoute la prochaine étape de mon voyage, la plus difficile, la plus douloureuse. Je ne peux plus reculer, maintenant je dois parler à mon père : c'est un vertige. Je suis terrorisée à l'idée de lui faire du mal, qu'il me rejette, que ce texte le blesse. Je dois avoir le cran de remuer la boue – lui seul peut éclairer la nuit. Mes parents ne connaissent rien de mes angoisses profondes. Je les ai tues. Moi aussi, le silence. Je pense à la dignité d'Agnès, aux ressources qu'elle a trouvées en elle pour raconter à sa mère l'enfance insultée – il faudrait lui donner la médaille du courage. Elle m'impressionne, sa force m'aide. Agnès, je pose sur ta tête une couronne dorée.

Il y a cette question de l'honneur dans les familles en général et dans les familles corses en particulier. L'honneur est le silence. J'oppose à l'honneur la noblesse et la réparation.

LISA, JEANNE

(Agnès)

Amorgos. La Grèce. Je marche dans la Chora et me perds dans la ville-labyrinthe posée sur un piton rocheux. Tout est à tomber, le château vénitien, les moulins à vent, les bougainvilliers luxuriants – l'horizon. Mes pas me mènent sous un passage voûté qui donne sur la place principale. Lisa sort de l'église byzantine. Je suis saisie par sa blondeur, ses yeux verts derrière ses lunettes sable. Elle porte une chemise à rayures bleue, un pantalon léger, des sandales en cuir. Le soleil mange son visage. Je ne me l'explique pas, je veux être avec elle. Je la connais à peine mais j'aimerais qu'elle m'emmène sur les chemins de son corps. Son regard se colle sur mes épaules nues. Elle me dit, viens. On s'enfonce dans la Chora, et on tombe sur un concert de flûte. La musique est pourrie, la flûtiste joue faux. Lisa s'engage dans un dédale inondé de lumière, les murs reflètent nos ombres. Dans la cour d'une église blanche, elle prend une clé cachée sous la pierre et pousse la porte. À gauche de la nef, elle ouvre une trappe vers un paradis : la mer. J'ignore si c'est parce que nous sommes ensemble mais le ciel me paraît plus bleu encore. Les escaliers à la chaux tombent dans une crique.

La mer cristalline. Vert d'eau céleste. Comment pourrait-il en être autrement au pied d'une église ? Elle me dit, on va la goûter. On nage, on étire nos corps dans les eaux sublimes. On se baigne nues derrière une forêt de bambous – la première fois pour elle. On dirait l'Éden. Sa peau laiteuse. Ma peau bronzée. L'eau abolit le temps. La beauté grecque exalte l'amour naissant. Lisa saute d'un rocher. Elle se déploie en une chorégraphie harmonieuse. Crawl, inspire, expire, bouche, mains, bras. Je la rejoins. Nos baisers. Le rire. Et le ciel par-dessus nous. Le soleil déchiré. Sortir de l'eau, c'est vivre la promesse de l'attraction. Les yeux frémissants. Nos doigts parcourent les interstices, nos langues glissent sur le cou, les dents, le dos. Toi et moi. Un vertige. La jouissance sous le regard de Dieu.

L'amour en pleine nature : inédit. Lisa dit qu'elle n'a connu de sexualité que dans le noir. Avec des hommes. Peu. Et sans orgasme. Pour la première fois de sa vie, elle jouit, et c'est avec une femme. Le début de notre histoire est protégé par les cieux comme si nous nous étions perdues en route. Elle dit, si les femmes savaient, elles n'iraient qu'avec des femmes. Elle se demande comment elle a pu être hétéro pendant quarante-neuf ans. Je me pose sincèrement la question quand elle évoque son dégoût pour le sexe masculin : le sperme.

J'ai souvent entendu le même discours sur la simulation et l'absence de jouissance chez les hétérosexuelles. Demandez autour de vous, vous verrez que l'orgasme féminin tout comme les règles sont des impensés. On n'en parle pas. Car ça ne sert à rien. Ça ne rapporte pas d'argent dans un système néo-libéral. Parler de sexualité du point de vue des hommes (en ignorant le plaisir des femmes) est un message qui s'adresse principalement aux hommes.

Jusqu'à présent, Lisa ne se pensait pas lesbienne. Comment aurait-elle pu avec ce chemin tracé, son éducation catholique ? Toute sa vie, sa mère grenouille de bénitier lui a répété qu'elle n'avait que des devoirs. Pas de plaisir. Elle se pensait frigide – elle simulait en faisant sa liste de courses. Je n'ai jamais songé que Lisa était hétéro tant elle est lesbienne, fondamentalement. La façon dont elle me regarde. La manière dont elle dévore mon sexe, mes seins, mon corps.

On chuchote avant de s'endormir. On reprend notre discussion au réveil, dans ces moments de vérité où émergent le rêve, l'inconscient. On dit des mots qui font l'amour. Lisa est délicate, sensible, joyeuse. Les jours passent. L'après-midi on s'aime dans les chemins face à la mer. Le désir circule dans les volutes d'encens des églises orthodoxes. Les dieux nous ont réunies sur cette île où nous venons séparément depuis dix ans. L'impression que nos âmes se sont déjà rencontrées. Que nos vies karmiques nous poussent à être ensemble, de nouveau. Plus tard, elle me dira, cette rencontre, c'était notre destin. Autour de nous : des monastères, des arbres millénaires.

Un jour, nous faisons une excursion avec une bande d'amis sur les sentiers côtiers. On marche au milieu de cyprès, nos regards sont des couteaux. Dans l'eau bleu roi, elle dit : je voudrais être seule avec toi. On ne se quitte plus. Le soir, je l'emmène dans la nuit noire. Les phares du scooter éclairent les routes qui exhalent le thym et l'origan. L'air est doux. Sur son poignet gauche, je vois son bracelet, strié, motifs africains – je souris en moi-même. On arrive dans la petite pension où je loge, à l'autre bout de l'île. La porte est bleue. La chambre monacale. La lune illumine mon autel mystique : statuaires de Bouddha, la Vierge Marie, pierres de protection, sauge, chapelet. On baise au milieu des icônes orthodoxes comme si nos corps s'aimaient depuis des siècles. Lisa pleure. Elle s'accroche à moi, se réfugie dans mes bras, me demande de ne pas la laisser repartir en Corée. Je la regarde, interloquée. Pourquoi me dit-elle ça ? Je la connais à peine. Mon cœur bat plus vite : est-ce vraiment la femme des cartes, l'amour que je recherche depuis si longtemps, elle qui habite à neuf mille kilomètres de chez moi ? Au petit matin, son téléphone sonne, un appel vidéo, c'est dimanche, le jour du poulet-frites, du mari et des gosses.

Quarante jours ont passé. Elle m'a convaincue de rester en Grèce. L'hiver est un printemps éternel. Malgré le bleu du ciel, les églises où j'écris, l'amour partout, je suis envahie par sa situation qui m'angoisse : la crainte qu'elle retourne avec son mari, la peur qu'elle couche avec un homme. Son passé pèse des tonnes. Elle reste impuissante face à mon anxiété. Elle me répète que tout va bien – je sais que c'est faux. Mes réactions incontrôlées, ma jalousie, ma perception du réel : c'est plus fort que moi. Souvent, elle dit, j'ai tout quitté pour toi, Agnès, mes enfants, ce mariage horrible, la vie domestique, l'ennui abyssal, les anniversaires à organiser, le mien qu'on ne fêtait plus. Je me suis tellement oubliée, si tu savais. J'étais un zombie : une morte. Lisa me dit-elle ça pour que je la sauve ? Mais de quoi, au juste ?

Je suis perdue au milieu de ces récits peuplés de spectres, de présences, d'histoires qui ne sont pas les miennes. Je sens que je dois revenir à Paris pour retrouver mon appartement, mon écriture, ma vie. Elle me demande si elle peut me suivre. Je dis oui.

Athènes, direction Ménilmontant. Elle n'est pas rentrée en Corée où elle était expatriée depuis vingt ans. Elle n'a pas utilisé son billet de retour. Elle me montre des photos de ses enfants, de son mari, je ne veux pas les voir – je me sens exclue. Je me rends compte que ça va être compliqué ; j'ai une relation épidermique à la structure familiale. En attendant que la tempête (prévisible) s'abatte sur Lisa et moi, la passion dévore tout. On roule dans Paris. On rit. On marche le long de la Seine. On va au cinéma. On voit des amis.

Tout vient en même temps : l'intensité, la fusion, les crises de plus en plus violentes quand les appels se multiplient depuis la Corée, les messages cachés, la pression de toute part pour qu'elle rentre. La culpabilité est un poison qui enfle les membranes du cœur. Elle pleure, souvent. Culpabilise d'avoir laissé ses enfants. Je n'imaginais pas un retour à la réalité si brutal. Je comprends mieux les prédictions de Pierre. Ses mots me reviennent en boomerang, elle est entourée, dis donc, très, très entourée... Jamais je ne me serais doutée que la blonde débarquerait avec trois enfants et un mariage en naufrage.

Décembre. Noël. Ses enfants sont à Paris pour les vacances – génial. Son ex aussi – grandiose. Malgré les mots rassurants de Lisa, je pète un câble. Je m'aperçois qu'elle ment, je me transforme en dragon tyrannique : je fouille dans son portable. Son ex apparaît sous un faux nom – j'ai le nez creux. C'est étrange, tous les messages sont effacés. Je la harcèle, je veux la vérité. Elle invente : millefeuille de mensonges. Ça me rend dingue. Je reprends mes clés. Elle fait ses valises. Je les fous dehors. La porte claquée, je m'effondre. C'est Noël.

Je ne me reconnais pas, l'angoisse me torture. Je suis dépendante d'elle, addict à notre relation. La passion est une drogue dure. J'apprends qu'elle dort chez une amie à l'autre bout de Paris. Je l'appelle cent fois peut-être. Tous les jours, je l'inonde de messages, de promesses, d'excuses – son silence m'enfouit dans le désespoir.

Paris est un ciel maudit. Je n'arrive plus à écrire. Le chapitre sur l'amour est vide. J'appelle Julie, elle sèche aussi, évite les mots : elle n'a toujours pas parlé à son père – on stagne, on pleure (puis on rit).

Je lui jure qu'elle va trouver. Ses paroles inquiètes résonnent comme une litanie, un obstacle. Toutes ces angoisses (celles qui se cachent derrière l'amour, celles qui se terrent derrière la famille) sont le signe d'une anxiété majeure : la mort. Je lui répète qu'il faut vivre. Mais la vie est peuplée d'enjeux toujours plus forts, épuisants. Je pense que certaines croyances sont vaines. Je pense que croire à l'impuissance amoureuse signifie que nous ne sommes pas assez branchées à notre cœur. Je pense que le salut vient de l'acceptation. Accepter de perdre, de pardonner. Je pense que la poésie répare. Je pense que la littérature a son mot à dire et sa place à prendre. Je pense que nous écrivons avec Julie un livre-médecine. Un livre-guérisseur. Elle me répond que l'amour est possible dans la démystification, essaie de ne plus idéaliser mais de vivre le réel, de ne plus fusionner mais de rester un individu autonome, même quand la passion emporte tout.

C'était un vœu pieux.

Je lâche la rampe, je fouille sur Internet, chose que je m'étais interdit de faire. Je tape des mots presque au hasard qui fabriquent des phrases étranges : bout du rouleau, énergie, sauver, invisible, âme. Un algorithme me suggère de consulter une énergéticienne spécialisée dans la lecture d'âme. Je n'ai jamais entendu parler de cette pratique. Jeanne me donne rendez-vous dans un cabinet derrière la basilique Notre-Dame des Victoires. Au préalable, elle m'a demandé de lui envoyer un consentement signé afin de pouvoir accéder à mes archives akashiques. Ces documents immatériels constituent le savoir présent, passé et futur de toute chose. La Bible en fait mention sous le nom du « Livre de Vie ». Dès qu'elle ouvre la porte, ses yeux ne me lâchent plus. Elle explique que les annales akashiques sont l'enregistrement du voyage de chaque âme depuis sa conception, ainsi que son déploiement dans l'avenir.

Tout ça a l'air barré – je sais bien. Écrire que nous avons des archives héritées de nos vies antérieures, c'est inviter dans le débat la défiance. Écrire que la lecture d'âme consiste à sortir des informations directement de son âme, c'est s'exposer aux railleries. Je m'en fous : j'ai atteint un tel point de non-retour que je suis prête à essayer n'importe quoi.

Jeanne reçoit des messages de ce qui ne se voit pas – comme toutes les personnes que nous avons rencontrées avec Julie. Elle dit que la parole de ses guides l'aide à faire travailler ses patients sur leurs schémas délétères. Elle me demande de respirer par le ventre, faire le vide. Grâce à une prière, elle se connecte, et les mots viennent à elle : votre âme a été blessée lors de vos vies antérieures. Vous savez, quand on meurt, l'âme quitte le corps, retourne vers la lumière, en attente d'une nouvelle incarnation. La vôtre semble mal incarnée. C'est la première fois que je suis confrontée à ce cas de figure ! Vos relations amoureuses sont conflictuelles à cause de ça. Je vois un blocage, des pétages de plombs. Ce n'est pas un problème de mémoire karmique mais une blessure initiale de l'âme. J'essaie de savoir pourquoi, ça me perturbe, attendez.

Un moment de silence et Jeanne reprend, vous êtes visionnaire ? Je lui réponds que je suis écrivaine. Vous êtes allée visiter d'autres planètes où le bien n'est jamais invité. Votre âme a un temps d'avance : elle a tenté des expériences là où personne ne va. Vous avez été piégée, vous vous êtes retrouvée sur des planètes inconnues avec des créatures extraterrestres, malveillantes. Vous avez vu des choses qu'on ne devrait pas voir : des êtres maléfiques. Terrifiants. Ça a été très dur pour vous d'en partir. Quand votre âme s'est incarnée à nouveau, vous vous êtes sentie meurtrie, abîmée. C'est une réaction de défense qui se duplique dans votre incarnation. Quand on vous empêche de faire quelque chose ou quand ça ne va plus dans la relation, votre âme se verrouille.

Je demande à Jeanne si ces figures du passé étaient diaboliques. Elle me répond qu'elles se nourrissent du mal, qu'elles se bouffent entre elles : on dirait un film de science-fiction.

Peut-on réparer ? J'insiste. Jeanne reçoit une réponse de ses guides, oui, absolument. Vous devez désormais avoir conscience que c'est une expérience de l'âme, que c'est du passé. J'entends le mot : réconciliation. Pas d'aide extérieure, pas de thérapie. Elle m'interroge : qu'est l'âme pour vous ? Une lumière. Fermez les yeux, descendez dans votre cœur. Que voyez-vous ? Je vois un cercle, une auréole derrière ma tête. C'est rose et doux. Je place une protection autour de mon aura, je me cale dans une bulle imperméable aux énergies mauvaises.

Parfois, vous êtes sous l'emprise de cette énergie ancienne. Plus vous serez lumière, moins les créatures sombres auront de prise. C'est comme un protocole, un mécanisme psychique. Vous allez y arriver.

La séance s'achève sur ces mots : je vois une retraite spirituelle dans un monastère. Je vois des hommes, des bonzes – un accompagnement. En Asie. Il faudrait partir deux ou trois mois. À l'est. Ça va changer votre vie.

Je paie 90 euros – c'est reuch pour apprendre que j'ai traîné avec des extraterrestres. Je pense à Dimitri – il serait affligé. Julie, au bout de la ligne, ne dit pas un mot. Je parle trop vite, elle ne comprend rien. Elle est plus que sceptique. Agnès, donc, tu es en train de m'expliquer que c'est la merde dans ta vie amoureuse parce que tu étais coincée sur une planète extraterrestre avec des forces maléfiques, c'est ça ? Tu délires ! C'est n'importe quoi. Ressaisis-toi. Elle s'énerve quand je lui sors que Jeanne me déconseille d'aller voir un psy. Pas de thérapie ? Son ton change et je me sens seule. Elle n'entend rien et ça me blesse. Elle semble exaspérée.

Saul arrive de l'école, putain, 90 balles en plus, franchement, il est temps d'arrêter nos conneries. On va arrêter le projet, j'en ai marre.

Je lui raccroche au nez. Qui va me croire ? Je me demande si j'ai trouvé les bons mots. Je lui en veux. Je lui réexplique par message l'âme mal incarnée, les planètes obscures. Elle répond sur WhatsApp : si ce soin t'a fait du bien, tant mieux, je dois m'occuper du petit qui est mal incarné aussi. Tu m'inquiètes, Agnès. D'ailleurs où t'as trouvé cette adresse ? (Et bonjour à E.T.)

Des jours passent, sans Lisa, sans Julie. La croyance peut-elle séparer, couper, déchirer des liens. Je me perds en moi-même.

Julie,

Pardon de t'avoir fait si peur. J'ai essayé de mettre fin à ma souffrance mais pas à ma vie. J'ai essayé de me fiche en l'air avec trois fois rien. J'ai honte. Ça nous a fait rire après coup. Un rire un peu spécial quand même. Un rire de filles conscientes de l'absurdité de l'existence. Arrête tes conneries, ça aurait pu abîmer ton foie, m'as-tu dit. Tu sais de quoi tu parles, tu es fille de médecins. Ce jour-là, j'ai été aspirée par le vide. Ce n'est pas comme si la journée n'avait pas été remplie : une amie m'avait proposé de déjeuner ; le soir, je devais prendre le train pour un week-end à La Rochelle. Au lieu de me préparer, vers 10 heures du matin, je me suis refoutue au lit. Et j'ai fait n'importe quoi. J'ai écrit une lettre d'adieu à ma mère que je n'ai jamais envoyée et j'ai fait une crise d'asthme. Quand les pompiers sont arrivés, je me suis sentie ridicule. J'ai trouvé ça con de les déranger pour ça : merci Julie. Ils ont pris ma tension, demandé où était la boîte de médicaments, trouvé la lettre pour ma mère, regardé ma bibliothèque, vous avez beaucoup de livres, j'ai réussi à caser que j'étais écrivaine, ça m'a redonné un peu de contenance. J'ai dit je ne veux pas aller à l'hôpital. Hélas, c'est la procédure. Je me suis retrouvée aux urgences – indigence, misère, froideur. On m'a confisqué mes affaires, collé une blouse bleue, celle pour les patients psy. À eux, on ne laisse pas de téléphone, rien. J'ai poireauté pendant quatre heures, observé le ballet des soignants, les gens somnolents sur les brancards. Je devais attendre la consultation avec la médecin psychiatre, une trentenaire acariâtre. Je me suis présentée, docteur bonjour, je suis moi-même docteure ès lettres, je suis également écrivaine, et je ne vais pas mettre fin à mes jours ne vous inquiétez pas, je me suis sentie très seule, vous savez, la solitude ontologique. La médecin acariâtre a souri et m'a laissée partir. J'ai couru vers la sortie. Enfin Juju, tu sais tout ça vu qu'on se parle dix fois par jour au téléphone.

Je t'écris de mon appartement qui ressemble de plus en plus à un temple – être assise au milieu de vierges Marie et de neuvaines, c'est écrire dans une église.

J'allume mon ordi, ouvre le fichier *Tout ce que le ciel promet*.

Je commence à écrire et tout disparaît : la souffrance, la solitude. Je me reconnecte à mes mots. Je me demande comment j'en suis arrivée là. C'est à cause de ma conception insupportable de l'amour, c'est à cause de mon histoire, c'est à cause de mon enfance – tout un tas de débris. Quand je suis amoureuse, je vois mal, je perçois mal : je me sens décentrée, envahie – je n'ai plus de territoire. C'est une erreur de fantasmer l'amour comme un tout. Une erreur d'entrer dans une relation de dépendance. C'est une erreur de faire le vide autour de soi. La fragilité devient écrasante.

Lisa me rappelle enfin. Je décroche au bout de la deuxième sonnerie. Elle me dit, tu me manques c'est vertigineux, ne doute plus de moi mon amour, fais-nous confiance. Quand tu seras prête, je voudrais te présenter ma sœur et mes enfants.

On se retrouve chez moi. Nos silhouettes se projettent dans le miroir : la blonde, la brune. Notre baise est karmique, de ça je n'ai aucun doute.

LE SILENCE DE MON PÈRE

(Julie)

J'ai eu peur de te perdre, Agnès. Ça a duré plusieurs minutes. Je me suis réveillée avec tes SMS dans mon téléphone – j'ai appelé les pompiers. Je dormais à Toulouse dans un lit d'enfant. Il était plein de peluches, les draps dessinaient des mondes innocents rayés de couleurs de gosse. J'ai tenté de te joindre vingt fois. Puis je t'ai parlé quelques secondes avant que tu ne raccroches, je n'ai pas reconnu le son de ta voix – un ouragan a défoncé mon cœur. La vie sans la tienne : une histoire sans personnages. Je comprends ta douleur : tu voulais que la solitude se taise. Cette solitude dont tous les bons livres parlent.

Trois heures plus tard, tu dis avoir avalé trois Doliprane et bu un verre de rhum – c'est pas avec ça que tu risquais de claquer ! Fou rire au téléphone. Je pense à ce que tu as fait, je songe à Jean-Luc et Perrine : arrêter de vivre, c'est arrêter la souffrance. Tu avais besoin de l'obscurité comme d'un trampoline : double salto vers la lumière. À moi de m'élancer maintenant.

J'ai rendez-vous avec mon père. Je lui ai proposé qu'on l'on déjeune ensemble. C'est la première fois que cela arrive, déjeuner seule avec mon père. Il ne parle pas. Il ne veut plus parler. À personne. C'est un homme dont l'intelligence dépasse l'entendement, ce qui le plonge aujourd'hui dans un exil. Il habite une île silencieuse, lointaine et escarpée – en banlieue parisienne. Le lien qui nous rattache est invisible. Sans aucun mot. Sans aucun son. Je suis connectée à lui : je ressens sa nuit. Quand il me regarde, je peux glisser à l'intérieur de son monde, englouti. Mon père est une forêt avec de grands arbres noirs, des animaux blessés, des rivières d'eau bleue, une clairière où se dresse un temple sacré. Dans son silence, il y a la naissance de mes mots.

Sa vie, il l'a passée à soigner les autres, « ses malades ». Il les écoutait. Ouvrait leur corps. Réparait ce qui devait l'être. Ses patients l'adoraient. Il recevait des tas de cadeaux, du vin, du chocolat, des phrases dans des lettres. J'ai toujours pensé qu'il fallait être un fou, inconscient, avoir un ego redoutable pour attraper un scalpel, découper une peau et s'éclater à fouiller dedans. Il allait au bloc avec quarante de fièvre, comme si de rien n'était – il prolongeait la vie, il repoussait la mort. Je me dis que, grâce à lui, des femmes et des hommes ont aimé, pleuré, regardé le ciel, la mer, des visages une deuxième première fois.

Tous les week-ends, vent pluie neige, il prenait sa voiture et roulait jusqu'à Vanves – aux puces. Il arpentait les allées des brocanteurs dans un vieux blouson bleu plein de poches. Dans l'une d'elles, il y avait sa boîte de cigarillos. Petite, l'odeur me provoquait des nausées. Lorsqu'il partira du monde, je sais que je chercherai partout ce parfum lourd qui me jettera dans les bras de mon enfance, dans les bras de mon père. Aux puces, il se faisait appeler Tonio, Pascal – je ne sais quel autre prénom il inventait pour échapper à lui-même. Il achetait des tableaux troués et sales. Il les restaurait. Il effaçait la blessure, peignant sur la peinture des autres. Il faisait pareil avec les cadres cassés. Il moulait des formes, collait les morceaux manquants, appliquait au pinceau la feuille d'or – il réparait même les objets.

Je me rends compte que mon père a occupé son existence à réparer. La cave de la maison est saturée de choses en attente d'une guérison. Il ne revenait jamais bredouille et parfois on lui donnait gratos des toiles, des bouteilles de vin tombées du camion – mon père a soigné les antiquaires aussi. Maintenant il ne va plus aux puces, il ne répare plus rien, refuse de consulter un médecin quand il est malade – c'est le vide, une solitude. Si mes phrases pouvaient mettre dans sa forêt d'arbres noirs un halo de lumière, une plante grimpante et quelques fruits d'été.

Mon père m'a permis tout un tas de choses. Petite, j'étais libre de monter haut dans les sapins, de construire des cabanes bancales à plusieurs mètres, de prendre le train avec une amie – nous étions très jeunes – pour rejoindre une soirée et un petit amour, j'étais libre de rêver. Il m'emmenait au cinéma voir des films interdits aux moins de 18 ans. Sur grand écran, *Le Silence des agneaux* – j'avais 11 ans. C'est moi qui avais choisi. Avec mon frère, on épluchait chaque semaine le *Pariscope* à la recherche du long métrage le plus horrifique – ça nous rendait hystériques. Le film de Jonathan Demme fut mon premier choc esthétique, il conditionna mon rapport à l'art – Hannibal le cannibale. Je décidai plus tard de consacrer un mémoire de DEA à une exposition de cadavres : *Körperwelten*. Puis j'ai proposé à mon directeur d'écrire une thèse sur l'utilisation du macchabée en art contemporain – il refusa, affligé. La mort a toujours fait partie de ma vie ; je cherchais sans le savoir à la comprendre, peut-être à l'aimer, du moins à déchiffrer l'absurdité de l'existence. Les suicides de Jean-Luc et Perrine se sont infiltrés en douce, comme l'air que je respirais. Toujours mon père répétait qu'il n'avait pas peur de la mort, seulement de mourir. Il voudrait qu'à son enterrement *La Passion selon saint Matthieu* de Bach l'accompagne – il n'y a rien de plus beau pour des adieux et des larmes. Mon père, derrière ses lunettes noires, ne pleure que dans les églises.

Les pères sont des horizons imprenables – on ne sait jamais où ils finissent où ils commencent. Le mien aime regarder la mer pour y disparaître, le soleil pour brûler ses sommeils. Il me montra, mon père, le monde. Les montagnes de moules-frites de la braderie de Lille, des milliers de tableaux troués ou pas, l'art, des vins, des plats de restaurant, le Burger King, des pâtisseries grasses, des boudins blancs. Il m'apprit à réfléchir sans se fatiguer – il suffisait que je le regarde penser, être. Mon père me manque. Je sens que la vie l'épuise, qu'il n'y a plus de joie, pas même de la tristesse – il n'y a rien. Il n'y a rien, ou les souvenirs – la mémoire cachée de mon père. Je voudrais qu'il revienne à la surface, qu'il respire. Parfois Saul le fait sourire. Mais son rire a disparu ; ce n'est pas grave, nous avons le même. Nous avons les mêmes yeux. Nous avons la même bouche. Nous avons le même silence. De notre silence, je ne veux plus.

Cet été, à Minorque, j'ai crié dans les bois, au milieu des arbres. J'ai hurlé à la gueule de la nature qui a accueilli mes beuglements avec tendresse – le vent est venu. Les plantes, les vieilles roches ont tout avalé. J'ai pratiqué ce soin par le son avec mon amie Tiffany. Je la connais depuis deux ans et des milliers d'années. Elle ressemble à un animal – lionne, serpent et lynx à la fois. Sa beauté entre en fusion avec son intelligence. Elle dégage une énergie fauve, très puissante. Elle n'a pas oublié d'être fun, comme on dit c'est une bonne vivante. Quand elle arrive quelque part, quelque chose s'arrête – le temps, la nuit. Elle était parisienne jusqu'au bout de sa féminité, elle est devenue la prêtresse d'une île ancienne au sable rouge. Depuis qu'elle est petite, elle voit dans ses rêves des bouts d'avenir. Elle a vécu des drames, des violences enfantines, un tsunami. La veille du raz-de-marée, dans son cauchemar : une vague immense et des chats morts sur la plage. Le jour où l'eau a recouvert la terre, elle a couru puis est tombée à genoux, elle a senti une lumière venue d'en haut arriver en elle. Quand elle est rentrée à Paris, elle voyait les auras des gens. Un après-midi, elle buvait un chocolat dans un café, elle s'est levée ; elle est allée voir un homme, poussée par une voix invisible, et elle lui a dit, ne faites pas ce que vous vous apprêtez à faire – le type l'a regardée, bouleversé : il allait se suicider. Aujourd'hui, Tiffany explore ses dons – son destin. Je n'ai jamais rencontré une personne aussi spirituelle que cette femme aux yeux de serpent. Sa spiritualité se fond dans la joie. Elle possède une compréhension des êtres et du monde globale – haute. Elle est connectée jusqu'aux pierres. C'est bizarre à écrire mais là où elle s'arrête elle fabrique de l'harmonie, de la pensée, une fraternité. Elle sait qu'elle va soigner les autres, d'une manière ou d'une autre. J'ai une chance inouïe qu'elle soit dans ma vie – je ne crois pas au hasard des rencontres. Je l'appelle avant d'aller voir mon père. Elle aussi, des années en arrière, elle a parlé au sien. Ses paroles recouvrent ma peur. Ses paroles voient, percent, guident. Le cri qui sortira de ma bouche sera un cri d'amour.

Papa, nous y sommes. Il est 13 heures dans le 14e arrondissement de Paris, les trottoirs débordent de poubelles, c'est la grève, nous slalomons entre les sacs d'ordures, un soleil nouveau sombre sur nos visages et il n'est que pour nous. Le restaurant s'appelle Le Cornichon – ni plus ni moins. Une table sans vis-à-vis, un menu, c'est entrée-plat-dessert. Je commande un verre de vin blanc, toi du rouge. Devant tes yeux, je n'ai plus peur de rien. Les mots glissent seuls de ma bouche, une rivière dans un paysage familier. Je me figurais un précipice, je n'ai qu'une marche à descendre. Mon cœur est vide d'angoisse, le vertige m'a abandonnée. Je te parle du livre, ce qu'il raconte, sa forme, pourquoi il fut une urgence et un secours. Tu ne crois pas à la parole des morts ni aux médiums mais tu dis que ta mère avait des dons, qu'elle savait en avance. Une douceur violente s'arrime à la discussion, toutes les phrases que l'on jette sont des fils de soie. Un saumon mariné et un œuf parfait débarquent dans nos assiettes, tu poses une question, qu'ont-ils dit, alors, ces voyants ? Je raconte ce qui stagne dans les couloirs oubliés de mon âme, je sors du marécage, je mets du bruit sur un tas de mots : violences sexuelles. Je prononce ça comme j'aurais dit, le ciel est bleu. Ce texte qui m'a tourmentée, élevée, trouée par endroits est en train de me guérir (au moins pour une journée). La littérature guérit – c'est une idée à laquelle je n'ai jamais cru. Elle devient un territoire, ma cabane au fond du jardin : chez moi. Tu réponds :

C'est possible, oui.

Je ne fouille pas derrière cette phrase et ce qu'elle cache, elle me suffit, elle me prouve que je ne suis pas folle, elle confirme mon intuition, justifie mes cauchemars, ratifie mes angoisses, accrédite ma mémoire perdue. Cette phrase, c'est de la glaise, du ciment, un jet de lumière au fond de la nuit. Cette phrase est une déclaration d'amour. Je suis si fière de mon père, de son courage à cet instant, de la main qu'il me tend, et le serveur apporte une joue de bœuf et un merlan. Des larmes descendent de nos yeux, douces. Nous rions, nous pleurons, nous rions, c'est un cycle. Je ressemble à mon père, je ressemble à ce qu'il pense, je ressemble à ce qui court, meurt, vit dans son cœur. Je vois au travers comme au travers d'une pierre, l'imperceptible. Ce moment passé ensemble n'appartient qu'à nous – je sais que je m'en souviendrai jusqu'à la fin de ma petite existence. L'amour qui circule, invisible, me renverse, il me transperce de sa force, et deux gros choux à la crème à la vanille attendent. Ils marquent la fin d'un déjeuner, le début d'une vérité, l'achèvement du silence, ils marquent le lien incassable qui me lie à mon père. Je pense à Jean-Luc, à Perrine. J'imagine leur sourire où qu'ils soient. Dans l'immensité.

Dehors, il fait toujours beau, tiède. Mon père m'embrasse. Il me dit, merci. J'embarque ce mot au fond de moi, je le dépose à côté des grands événements qui m'ont éclairée, et nous marchons, papa et moi, bras dessus bras dessous, au milieu des ordures débordant des trottoirs et de la vie.

CLAIRE BARRÉ

(Agnès & Julie)

Nous voilà dans Paris, à brûler tous les feux – on dirait des folles. Je gueule parce que Julie pédale trop vite, je crains qu'il nous arrive un truc avant de finir le livre. Mon amie Claire Barré nous a donné rendez-vous chez elle pour une séance de chamanisme. C'est la fin du roman. Je ne veux pas le terminer. Notre amitié littéraire me sauve de l'enfouissement. Elle m'a permis de descendre à la cave et de vider les lieux, de transformer la peur en désir, d'oublier mon cœur inquiet : d'aimer Lisa. J'arrive au bout de ma quête, l'amour me répare. Julie a parlé à son père, il n'y a plus de silence.

Agnès, on a traversé des vallées lugubres et des mers sales – nos blessures sont nos trajectoires, elles sont même des cadeaux. Elles nous ont élevées ; et les peurs, pas à pas, se barrent. Ton cœur s'est ouvert : Lisa habite dedans. Tu as trouvé celle qui te rend vulnérable et puissante, qui t'agrandit. Ce dernier soin ensemble est un voyage vers la poésie et nos imaginaires – nos plus fortes croyances. Il scelle la fin d'un livre, l'aboutissement des souffrances, le début d'un monde audacieux.

Emmanuel, le mari de Claire, nous ouvre. C'est un comédien aux cheveux longs, blond vénitien – on dirait Jésus version queer. Il est grand, timide et doux. On boit un thé dans la cuisine, Claire nous rejoint. Elle enlève son manteau, un chapeau. Un pull sombre accentue ses cheveux gris cendré. Dehors c'est l'hiver. Claire est écrivaine et scénariste. Elle arrive du Conservatoire européen d'écriture audiovisuelle où elle enseigne. Sur les bras, sur tout son corps, des tatouages racontent une histoire de symboles et de mémoire. Intense : c'est le mot qui la caractérise.

Il y a quelques années, Claire a été appelée par le monde invisible pour créer un lien harmonieux entre les esprits de la nature et les humains. Un samedi où elle déjeunait dans sa cuisine, un Amérindien est apparu – dans son œil gauche. Elle a demandé à ses enfants et à son mari s'ils voyaient la même chose : absolument pas. À l'époque, elle était loin de toute forme de spiritualité. Claire a mis de côté le déjeuner familial, allumé son ordinateur, fait des recherches sur Internet – l'Indien ne partait pas. Elle a songé se faire interner ou consulter un neurologue. Le destin en a décidé autrement : Google l'a menée vers l'image de Sitting Bull, le célèbre chef Sioux. Regard puissant, tresses, plumes sacrées. Ses larmes ont coulé devant les histoires tragiques, les récits de massacres d'une population décimée à qui on a volé sa terre.

Trois jours ont passé. Impossible de chasser la présence qui se matérialisait devant elle. Claire est tombée sur le site d'une chamane russe. Le lendemain, Paris, 19e arrondissement, un appartement : Claire s'allonge, les yeux fermés. La femme joue du tambour et notre amie accède au monde invisible – elle *voyage*. Elle racontera cette histoire inouïe dans son roman *Pourquoi je n'ai pas écrit de film sur Sitting Bull*. Beaucoup de gens ont dévoré ce livre, comme celui de Corine Sombrun, *Mon initiation chez les chamanes* (que Claire a adapté au cinéma). Ces événements ont changé sa vie : la lumière a broyé le noir. Claire est toujours scénariste et romancière ; maintenant elle soigne l'âme aussi. Elle rend les gens plus libres. Sans doute plus heureux. Ne pas réparer, c'est se déprendre. On n'abandonne pas les objets qui peuvent avoir une seconde vie, ni les vêtements ni la nourriture. On ne laisse pas la terre sans soin sans eau sans graine. On a besoin de regarder pousser les arbres, les plantes, les fleurs. On a besoin d'air.

Nous sommes dans le salon. Plus les années passent, plus la pièce se transforme en un temple. Un autel occupe une partie du sol – des bouddhas, des divinités indiennes, des photos de famille, des bougies, un bol tibétain. Julie a froid aux pieds. Elle s'emmitoufle dans une couverture et me laisse la moitié du canapé. On s'allonge tête bêche, bien au chaud. Il y a sept ans, Claire m'a initiée au chamanisme, ce fut un tournant dans ma vie spirituelle. Grâce à elle, j'ai rencontré mon animal totem – un husky magnifique, yeux bleus, pelage noir et blanc. Je sais que je vais le revoir tout à l'heure ; Julie sera avec sa panthère noire et son aigle. Claire nous demande quelle est notre intention pour le voyage. Julie veut se libérer des lianes du passé ; elle parle de Jean-Luc et de Perrine. J'aimerais consolider mon cœur pour aimer pleinement. Claire nous prévient, elle ne peut pas soigner deux personnes à la fois. Nous serons seules avec nos blessures, nous devrons chercher la force en nous-mêmes – c'est ce que nous voulions. Un voyage chamanique, c'est plonger dans une intériorité élargie, arpenter des paysages, rencontrer des êtres, des animaux, un monde autre – exactement comme dans un jeu vidéo. Le son du tambour ouvre une porte sur l'élévation de nos perceptions : c'est un état de conscience modifié, alternatif. Un révélateur de nos pensées enfouies – ça n'a rien de magique. Il faut lâcher prise, se laisser entraîner par les images que nos esprits fabriquent, être guidées par elles, elles sont souvent archétypales, symboliques. C'est presque un rêve.

Claire nous tend de ces masques qu'on porte dans les avions. C'est la nuit noire dans nos yeux, bientôt la lumière dans nos têtes. Avec son hochet, ses incantations et ses chants, elle crée un cercle de protection, elle appelle les esprits. Mon husky surgit dès les premiers coups de tambour. L'animal de protection est un double, un guide, une promesse – l'amour inconditionnel. Il m'emmène au pôle Nord, dans l'immensité blanche. Tout est là, la chasse des aurores boréales, les chiens de traîneau. Il s'élance. Nous sommes libres.

Ma panthère noire m'entraîne dans une forêt brumeuse traversée d'une rivière ; c'est la nuit. Je vois Jean-Luc et Perrine pendus à des arbres. Je décroche les corps des cordes qui étouffent leurs cous. Des corbeaux viennent, ils les coiffent de plumes. Leurs cheveux sont des oiseaux noirs. Tout est noir : ma panthère, la forêt, la nuit. Je couvre de pétales de rose leurs ventres, les bras, les jambes. Ils partent sur l'eau dans leur manteau sublime. La rivière devient une route qui monte vers l'horizon. Mon oncle et ma tante s'envolent dans le ciel.

Maintenant la chaleur, avec mon husky, au bord de l'eau. Je connais ce paysage, c'est le village de ma mère, au Laos. Le Mékong vit en bas, le long des terres agricoles. Il y a un feu devant la maison, Sitting Bull m'attend près des flammes. Il ferme les yeux : il médite. Autour, une louve grise tourne. Ils s'approchent de moi : ils opèrent mon cœur. L'organe est exposé à tous les vents, en pleine nature. Ils extraient de grosses épines, des morceaux taillés en pointe, fichus dans ma chair. Je ne ressens aucune douleur. Je ne bouge pas. Lui, la louve et moi.

Une fille pleure dans l'herbe, c'est moi. Ma panthère est partie, mon aigle est là. Il prend la fille entre ses ailes – je disparais sous les plumes. L'aigle s'envole et j'arrache mon cœur. Je le pose près d'un feu, sur un lit de mousse vert. Dans le vide de mon corps, j'enfonce du miel, je jette des fleurs. Je remets mon cœur à sa place. Un Indien, tout petit, pointe de son doigt une direction : c'est une grotte.

Après l'opération à cœur ouvert dans les contrées d'Asie, je suis à nouveau aux confins des plaines nordiques. Mon husky m'embarque sur un traîneau couvert d'une couverture blanche. On traverse les jours et les nuits ; le temps n'existe pas. Seuls, le husky et moi.

Dans la grotte, un serpent me pénètre – par la bouche. Il fait le tour du propriétaire puis sort sa tête de mes lèvres. Je danse avec lui en moi, mes bras ondoient. Je ressens la magie du reptile, il me donne un pouvoir. Il me quitte quand un ours ouvre son corps pour que je m'y glisse. L'animal puissant me rassure ; il me confie sa force. Je remercie les animaux et vole sur le dos de mon aigle vers des forêts rouges et mortes. Je touche les arbres, je les embrasse : du vert partout apparaît – la vie.

J'entends de moins en moins le tambour de Claire. Il se mêle à l'oubli, aux limbes de l'inconscient. Je plonge dans un demi-sommeil proche de l'hypnose – je vois ce qui ne se prévoit pas, les bras autour de mon husky. Mon père est là, ma grand-mère, mon grand-père, mes ancêtres. Ils me donnent une réponse à une question silencieuse, fais ce voyage en Asie, c'est ton territoire.

Depuis la mort de mon père, je ne suis pas retournée chez moi. Je me recueille chaque jour auprès de mes bouddhas ; je n'ai pas enterré mon père. J'ai des photographies de lui vivant et de lui malade et de lui mort. Mes ancêtres soufflent au-dessus de moi une poussière d'or. Ma lignée est puissante.

Mon aigle traverse le ciel : je suis dans le cosmos. Tout est mou, je flotte au milieu d'une paix sans ombres. Mon oncle et ma tante me regardent – ils me sourient. Mon grand-père et ma grand-mère se tiennent à côté. Je les serre tous les quatre dans mes bras, je n'éprouve qu'un pardon – je laisse ma famille à la Grâce. Mon aigle me dépose dans le creux d'une falaise, une pluie d'or s'abat sur mon visage. Une chouette blanche se place face à mes yeux, elle me dit par deux fois, crois en toi.

La fin du voyage, c'est Lisa dans une vallée de fleurs. Mon amour est seul. Elle est triste et elle pleure. Elle a besoin de mon âme : je cours vers elle.

Je saute de la falaise, sans aucune peur. Je plonge dans une eau claire – le voyage s'arrête.

Au coin d'un feu et de nos esprits, nos deux cœurs ont été soignés, adoucis, réparés. C'est difficile à expliquer, nous ressentons un calme neuf, une énergie blanche, de paix. Tout cela peut sembler complètement barré, un *trip* dans le monde de Narnia, chargé d'allégories et de fabulations, pourtant cette expérience est la moins étrange que nous ayons vécue. Tout le monde peut y accéder. Ce voyage, c'est nous. Une promenade intérieure. Un passage à travers notre imaginaire. La possibilité de prendre soin de nos âmes, de les *détourmenter*.

On retire les masques, la lumière éblouit nos yeux restés à l'intérieur de nous. On remercie Claire qui nous demande d'accomplir un rituel le prochain soir de pleine lune avec des roses, du papier et de l'alcool. Julie prend toute la place sur le canapé et je n'ai pas envie de bouger d'ici. Mais le réel revient gronder mon cerveau : je dois impérativement être à 20 heures dans une librairie pour écouter Paul Preciado. Il présente son nouveau livre, *Dysphoria mundi*. Son essai explique que le monde est en transition (crises écologique, économique, sanitaire), à l'image de son parcours. Il écrit que nous vivons un bouleversement total, au-delà de l'individualité. C'est un séisme planétaire, partagé.

Nous entamons une mue. Nous changeons ensemble, liés par la perte – des forêts, des animaux, de nos espérances. Nous marchons vers une révolution intime et collective. Il faudra bien une croyance pour souder nos quêtes, nos existences. Peut-être l'avenir habitera-t-il dans la grandeur et le secret d'un mot : *fraternité*. Ce mot appartient presque à un sortilège tant il contient des pages de phrases, de prières et d'idées – un mot de poupées russes. Nous croyons dans ce mot, il faut l'éprouver, dans toutes ses épaisseurs : amicale, familiale, amoureuse, et spirituelle. Ce mot – nos âmes inséparables.

Nous repartons sur nos vélos dans le vent de l'hiver. Paris nous brûle de sa beauté, le froid n'a plus d'importance. Derrière le ciel, quelque chose attend. De grands orages, une paix, nos destins. Nous sommes présentes, reconstituées. Nos peurs et les fantômes nous tournent le dos. Ils s'éloignent dans les lumières de la ville. Maintenant, il nous reste la vie.

Quelques mois plus tard

AGNÈS

Je suis séparée de Lisa. Elle cloisonne tout, ne me dit rien. Entre elle et moi s'érige un monde où je n'entre pas : sa famille. Elle tient la porte close, verrouillée, noire. Or la nuit ne m'intéresse pas. Son histoire passée ne passe pas. Plusieurs fois, je lui dis qu'elle n'est pas disponible. Je lui suggère de retourner avec son mari et ses enfants. Elle pleure, se met en colère, elle m'en veut. La relation fusionnelle devient toxique. Je suis malheureuse.

Mes amis Didier et Magali m'invitent dans leur maison nichée entre les montagnes et les champs de lavande. Agnès, viens, ça te changera les idées, tu vas aimer la Drôme provençale, et puis on t'emmènera voir la maison de Violette Leduc à Faucon. Didier est jardinier-paysagiste. Il me montre la beauté des racines et des fleurs. Je sens l'invisible partout, dans les plantes, les arbres, les oiseaux. Le vivant se déploie dans les modestes chemins de pierres. On se baigne dans les rivières, l'eau claire ruisselle sur les corps, on mange du melon dans des céramiques faites à Dieulefit, on rafraîchit nos gourdes au creux des roches mouillées. Dans l'eau, je pense à Lisa, et je me dis que ces histoires de voyants sont grotesques. Personne ne peut voir le futur : le destin n'existe pas. Je remets tout en cause, les croyances, les prédictions, les récits farfelus. Tout ça, c'est des conneries mais je veux quand même consulter : on ne se refait pas. J'ouvre Google Maps, tape deux mots-clés : guérisseur et voyant. Ma recherche me conduit vers Ariane, à dix kilomètres de là, excellents commentaires, éloges sur sa gentillesse.

Magali me dépose devant un pavillon. Une femme m'ouvre, brune, jeune, voix douce. Au bout d'un couloir sombre, une pièce, deux chaises, aucun objet associé aux rituels habituels – pas de sauge, pas de bougie, pas de relique. On pourrait être dans le cabinet d'un généraliste.

J'interroge Ariane sur sa façon de se connecter. Elle me répond, je n'utilise aucun support, ils m'adressent des messages là-haut. Je lui pose une question : Lisa est-elle faite pour moi ? Elle se penche sur une feuille blanche et écrit ce que le monde caché lui dicte, à long terme, cela ne marche pas, il y a des problèmes de communication, des blocages. C'est vrai, au fil du temps, tout est devenu compliqué, nous n'avions aucun projet ensemble. Nos vies étaient cloisonnées. Nous nous disputions beaucoup. Elle faisait porter sur moi la culpabilité d'avoir abandonné ses enfants. J'étais devenue son objet noir. Elle me mentait sur tout, elle me manipulait. Elle était si près de tout perdre que je sentais qu'elle me trompait avec son ex-mari. Trahison. J'entends ce mot résonner.

Dans une lumière dorée qui baigne ce village de la Drôme, je finis par comprendre que la quête de l'amour est spirituelle et ne doit pas réparer deux ego blessés. L'amour est une chute libre, un risque à prendre, un acte de foi qui demande une immense confiance, une invitation à accepter notre condition humaine, un processus qui nous fait sortir de soi et aller vers l'autre. C'est une longue phrase avec des conjonctions, des subordonnées, une ponctuation où se loge la poésie. Dans cette histoire, j'étais à ras de tout : zéro filet, zéro filtre, zéro limite. Malgré nous, nous nous sommes enfermées avec Lisa dans une dialectique de don et de réception : je te donne et j'attends de voir ce que tu m'offres en retour. L'amour n'est ni un troc, ni une brocante, ni une denrée consommable. L'amour est immatériel. Nulle économie possible. Une mort de l'ego. Une mort de la peur. Un don pur. Comme un parent reçoit son enfant sans rendez-vous et lui fait à dîner ou lui donne un lit propre. Je voudrais de l'amour la puissance, le dialogue d'âme à âme, l'élévation. Ma quête était conditionnée. J'aurais pu aimer Lisa sans jugement, accepter son passé mais ses injonctions paradoxales ont fini par me ronger. L'amour est un alignement, une quête d'harmonie.

Je sors de chez Ariane et la paie pour la demi-heure, 28 euros.

J'ai beau fréquenter toutes les églises de Paris et chercher des remèdes à l'extérieur : la solution viendra de moi. Maintenant, je choisirai plutôt que d'être choisie. J'imagine mes anges gardiens se marrer là-haut, observer les embûches, les chemins, les culs-de-sac. Je me suis mise à méditer entourée de mes pierres de protection, mes bouddhas, ma sauge. Je parviens à faire des autosoins, et j'aide les autres dès que je peux.

Après mon rendez-vous avec Ariane, Magali me propose d'aller à l'abbaye Notre-Dame d'Aiguebelle à quelques kilomètres de là. Le lieu est de toute beauté, le monastère bâti au milieu d'une forêt dans la tradition cistercienne. On écoute les chants des moines. On allume des cierges. Les vêpres à peine finies, Julie m'appelle. Je lui raconte Ariane par le menu. Dans l'enclos du lieu saint, je lui murmure : il faut que je me répare.

Quelques jours plus tard, je reçois un appel de ma mère. Elle me demande d'une voix douce si tout va bien. Elle laisse un temps suspendu entre nous. Je dis, maman, c'est difficile en ce moment. Elle me répond, je sais. Malgré mon silence, elle *voit* ce qui se passe dans ma vie. Elle est comme au-dessus de la scène. Elle fait des rêves prémonitoires qui ne m'étonnent guère : son grand-père était guérisseur. Notre pudeur habituelle saute comme un verrou. Elle me parle depuis son village de bord de mer. Je suis à Paris dans un jardin public, j'observe les arbres, j'entends les oiseaux – je n'ai jamais été aussi connectée à ma mère. Ma fille, j'aimerais que tu rencontres une femme avec qui tu seras vraiment heureuse. Elle viendra, ne la cherche pas. Tu es un diamant, ne l'oublie jamais. Quand il fait trop noir à l'intérieur de toi, dis-toi que tu as tout pour être heureuse. Sa parole me libère, elle transmue les ruines en fleurs. Je lui dis, je t'aime maman. J'entends sa réponse distinctement, et moi, ma fille je t'aime encore plus. Toi qui aimes tant l'océan, souviens-toi que les vagues ont des milliards d'années.

JULIE

Je m'empresse d'appeler Ariane sur WhatsApp, option vidéo. J'opte pour le forfait : une question huit euros. Je lui explique l'objet du livre et ma quête, sans entrer dans les détails ni les suicides.

Est-ce que mon oncle et ma tante sont satisfaits de ce que j'ai écrit dans *Tout ce que le ciel promet* ? Sont-ils en paix ?

Je triche et ajoute un second point d'interrogation à ma demande. Je regarde Ariane écrire frénétiquement sur une feuille blanche. Elle parle en même temps qu'elle griffonne.

Oui, mais elle a manqué de temps pour finir. Elle doit terminer la réparation. Julie, c'est votre oncle qui est là. Il m'indique qu'il était avec quelqu'un au moment de sa mort.

Oui, avec Margaux !

Voilà, Julie, Margaux ! Il faut qu'elle me pardonne ! Elle doit me pardonner.

Mais comment ? Je ne connais même pas son nom de famille. Dois-je essayer de la retrouver ?

Discuter sur WhatsApp avec mon ancêtre à travers une médium dans la Drôme me paraît à la fois complètement con et tout à fait normal. Ma quête n'est pas une fiction. Tout ce qui l'entoure l'est peut-être, et alors. Je veux suivre le fil narratif de cette affaire. Après tout, le réel n'est qu'une proposition.

La retrouver oui, mais sur du papier, répond Jean-Luc, ou Ariane.

Je comprends que je dois écrire une lettre à la fille que mon oncle a laissée sans adieu.

Oui, c'est exactement ça. Une lettre ! Il faut l'écrire rapidement Julie, et la publier – je ne sais pas où, vous verrez plus tard. Et votre tante me dit qu'elle est en paix.

Avant de raccrocher, Ariane me souffle que mon destin d'écrivaine est l'aboutissement de ce que Jean-Luc n'a pu accomplir.

Est-ce que tous les écrivains viennent de leurs morts ? Est-ce qu'ils écrivent avec eux ?

Je remercie Ariane, j'ouvre une San Miguel et une page Word. J'écris la lettre que Jean-Luc n'a pas écrite à Margaux. Je me trouve en Espagne, sur une île. Je vais marcher sur le port et décide de jeter le papier dans la mer, avec des fleurs et des plumes d'oiseaux. Je regarde l'encre couler sur la feuille et la feuille couler dans l'eau, les plumes et les fleurs se disperser. Je prends une photo.

Ma chère Margaux,

J'imagine ton cœur se déchirer, tomber au pied du monde. En miettes, par ma faute.

Pardonne-moi, pardonne mon geste – ma tête dans un lasso. La vie n'était plus ma place. Ma tête était une tempête et il pleuvait dedans des calots de glace. Je n'ai pas connu la joie. La joie vient de l'enfance – qu'a-t-on fait de mon enfance ? Une vie sans joie n'a pas de sens. Dans tes bras, il m'arrivait de comprendre la tendresse et je n'ai pas appris à aimer. J'étais malheureux. J'étais seul et ce n'était pas ta faute. J'étais noir, comme une forêt de conte. Je souffrais tant Margaux, le monde et toi n'ont pas idée.

Mon âme se tord d'avoir vu d'en haut tes larmes, et la brisure que j'ai jetée en toi. Ça abîme quelque chose dans les astres. Je voudrais recoudre ton chagrin, de toutes mes forces, te dire que tu n'es coupable de rien : j'implore ton pardon. Margaux tu es un paysage impossible à oublier – un arbre majestueux. Je regrette de ne pas avoir su me fondre dans ton amour. Nous retrouverons-nous ici, ou dans une autre vie ? Alors je te prendrai dans mes bras et je te parlerai à l'oreille, je te dirai comment tu as su imaginer des dessins d'enfant au fond de mon être, au fond du monde. Et nous nous aimerons. Tes yeux si intelligents et doux, ovales et profonds, restent attachés à ma conscience. De là où je suis, je t'ai regardée vivre. Je fus présent quelque part, dans un coin de toi. Quand tu souffrais, j'étais là, quand tu riais, j'étais là. J'étais là. Tout le temps. Margaux, je ne t'oublie jamais.

Dans les ciels lointains, je sens tout ce que tu m'as donné. Pardonne-moi, ma douce Margaux. Je veille sur toi.

Jean-Luc

RÉALISATION : NORD COMPO À VILLENEUVE-D'ASCQ
ACHEVÉ D'IMPRIMER SUR ROTO-PAGE
PAR L'IMPRIMERIE FLOCH À MAYENNE
DÉPÔT LÉGAL : MAI 2024. N° 154924 (104695)
IMPRIMÉ EN FRANCE